문턱
넘어 가기

살다 보면 누구나
인생의 문턱을 만난다

황퉁 지음
김재원 옮김

바다출판사

걸리면 문턱이지만
넘어 가면 문입니다

인도 영화 중에《세 얼간이》가 있습니다. 젊은이 세 사람이 현실에 맞서며 꿈을 이루어 가는 과정을 보여 주는 영화입니다. 주인공 중 한 사람인 라주는 매우 가난한 집에서 태어났습니다. 자신감이라곤 눈곱만큼도 없는데다 늘 초조해 하던 그는 건물에서 뛰어내려 자살까지 시도했다가 다행히 친구들의 격려로 새사람이 되기로 마음먹습니다. 졸업식 전날, 라주는 대기업에 입사 면접을 치르러 갔다가 이런 질문을 받습니다. "당신은 왜 휠체어에 앉아 있습니까?" 이 질문에 라주는 심금을 울리는 한 문장으로 대답합니다.

"제가 지금 휠체어에 앉아 있지만 다리가 부러지고 나서야 진정으로 일어서게 되었습니다." 바보 라주는 사실 바보가 아니었습니다.

나는 '다리가 부러지고 나서 진정으로 일어서게 되었습니다.'라는 말이 무척 마음에 듭니다. 이 말 속에는 공포와 마주해야 공포를 다루는 법을 알게 되며, 내가 극복해야 할 대상은 결코 외부에 있지 않고 바로 나 자신이라는 뜻이 담겨 있습니다.

인도 영화 얘기가 나왔으니 인도로 여행을 갔을 때 일화가 떠오릅니다. 힌두교 사원을 구경 갔을 때 일입니다. 사원 안에 있는 신도들이 한 목소리로 기도문을 외우고 있었습니다. 현지인 친구에게 사람들이 무엇을 기도하는지 물었더니 신의 말씀을 찬미하는 중이라고 했습니다. 내가 그 기도를 영어로 풀어 달라고 했더니 친구는 잠시 생각에 잠겼다가 '내 뜻이 아니라 신의 뜻이 이루어지기를 바란다'는 의미라고 했습니다.

얼마나 지혜가 담긴 말입니까! 서양에도 비슷한 말이 있습니다. "신이 누군가의 소원을 모두 들어준다면 그건 신의 벌이다."

우리는 늘 소원이 이루어지기를 바랍니다. 원하는 것을 다 가지는 게 최고인 줄 압니다. 자기 마음에 드는 게 오면 거절하지 않고, 나쁜 게 오면 그저 피하려고만 합니다. 고난은 축복이 변장한 모습이라는 것을 알지 못합니다. 과거의 아픔이 없었다면 지금 내가 이룬 성과도 없습니다. 현재의 고난이 없으면 미래에 뭔가를 이룬 내 모습도 없습니다. 원리는 상당히 간단합니다.

다른 일화를 하나 더 들어보겠습니다. 젊은 시절 사고와 실패를 거듭한 남자가 있었습니다. 그는 자기 인생에 매우 낙담한 나머지 어디론가 도망쳐 숨어 버리고 싶었습니다. 그러자면 출가해서 번잡한 인간 세상을 떠나는 방법밖에 없었습니다.

남자는 선사를 찾아가 머리를 깎고 중이 되게 해 달라고 부탁했습니다. 선사는 남자의 마음을 꿰뚫어 보기라도 한 듯 가타부타 말이 없었습니다. 그러면서 손으로 문을 가리켰습니다.

젊은이는 선사가 자기더러 문턱에 서 있으라는 말인 줄 알았습니다. 제대로 파악했는지 모르겠지만 일단 문턱을 밟고 섰습니다. 그런데 시간이 아무리 흘러도 선사는 젊은이에게 내려오라는 말을 하지 않았습니다. 젊은이는 다리가 후들후들 떨렸습니다. 마침내 젊은이가 말했습니다. "스님, 언제까지 여기 서 있어야 하나요?" 선사가 짐짓 놀란 체 하며 말했습니다. "아니, 내가 언제 자네더러 거기 서 있으라고 했는가. 문턱을 넘어서 나가게나."

젊은이가 좁다란 문턱에서 내려와 문턱 너머 바깥으로 크게 한걸음 내딛었습니다. 발이 땅에 닿는 순간 너무 편해서 숨을 크게 내쉬었습니다. 선사가 문턱을 가리키며 의미심장하게 말했습니다. "문턱은 넘어 가면 문인데 넘어 가지 못하고 있으면 문턱이라네."

그 말이 맞습니다. 살다가 만나는 어려운 문제는 우리를 가로막는 문턱에 있는 게 아니라 우리가 넘어 가느냐 못 넘어 가느냐에 달려 있습니다.

우리는 일찍이 좌절하고, 길을 잃고, 심지어 인생의 과제를 피하기 위해 가장 어리석은 방식을 선택하기도 합니다. 고난을 이기는 과정이 감당하기 어려운 건 사실입니다. 하지만 그런 과정이 다 나의 경험으로 축적되면서 스스로를 치유하는 법을 깨닫고 용기를 가지게 됩니다. 그러다 보면 장애가 나를 일으키는 힘이 되어 상황이 바뀌고 인생의 패자에서 승자로 탈바꿈하게 됩니다.

이 세상에는 허튼 고난이 없습니다. 시간을 갖고 기다리면 시련이 끝나는 날이 옵니다. 이런저런 시련이 닥칠 때 굳센 의지로 버티면 극복하지 못할 고난은 없습니다.

모두에게 복이 있기를! 당신을 축복합니다!

타이베이에서

황 통

차례

Part II 잠시, 문턱에서 머뭇거리다

Part III   나, 문턱을 넘어 가다

Part I

인생,

문턱에
부딪히다

지금 비극이
미래의 희극

살다가 맞닥뜨리는 비극은
미래의 희극을 위해 숨겨 놓은 복선이다.

평소와 다를 것 없는 어느 이른 아침, 뉴욕 번화가의 사무용 건물은 바삐 출근하는 사람들로 붐볐다. 그런데 유난히 안색이 안 좋은 사람들이 몇 명 있었다. 그중 하나는 이제 막 사회생활을 시작한 젊은이로 상사의 심부름으로 근처 가게에 도넛과 커피를 사러 가는 길이었다. 자기를 심부름꾼 취급하는 상사 때문에 불쾌한 마음으로 건물을 나왔다.

또 다른 사람은 젊은 여성이다. 재수 없게도 지하철에서 사람들에 밀려 넘어지는 바람에 발목을 삐었다. 택시를 부를 수도 없어서 절뚝거리면서 간신히 걸음을 옮겼다. 여자가 한숨을 쉬며 손목시계를 봤다. 이미 지각이었다. 팀장에게 한소리 들을 게 뻔했다.

세 번째는 홀아비 중년 남성이다. 오늘 아침 아들이 열이 나는 바람에 휴가를 내고 아이를 병원에 데리고 갔다. 진료실에서 아무 생각 없이 텔레비전 뉴스를 보다가 중요한 회의에 빠졌다는 게 생각났다. 승진과 직결되는 회의였다. 그런데 텔레비전을 보던 중년 남자의 입이 딱 벌어졌다. 화면을 보면서도 도저히 믿을 수가 없었다. 텔레비전에서는 비행기 한 대가 그의 사무실이 있는 건물과 충돌했다는 속보가 나왔다. 무자비한 테러 행위였다.

이야기에 나오는 세 사람은 모두 뉴욕 세계무역센터에서 일하는 사람들이다. 그날따라 셋 모두 뭔가 일이 꼬여서 기분이 좋지 않았다. 하지만 일이 꼬인 탓에 인생에서 가장 큰 행운과 이어졌다.

9.11 생존자들의 실화라고 인터넷에 떠도는 이런 이야기가 사실인지 여부는 알 수 없다. 하지만 나는 이 속에 숨겨진 뜻이 마음에 와 닿아 이야기를 좀 바꿔 보려 한다. 당시에는 불행에 빠진 줄 알았지만 그 불행이 우리에게 행운을 불러 왔다. 단지 때가 되지 않아 아무도 그 사실을 모르고 있었던 것이다.

무역으로 크게 성공한 친구가 있다. 그는 고등학교도 졸업하지 못했다. 불법과외가 성행하던 그때 친구의 고등학교 선생님이 자기 학생들에게 방과 후 보충수업을 하겠노라 했단다. 말이 좋아 '보충수업'이지 수업료를 적잖이 요구했다.

내 친구는 집이 가난해서 학교 수업료조차 낼 형편이 안 되었으므로 과외 수업료를 내지 못했다. 게다가 교사가 보충수업은 원하는 사람만 신청하라고 해서 그는 자연스레 보충수업에서 빠졌다.

같은 반 학생들은 모두 군소리 없이 보충수업을 신청했고 그 친구와 가정 형편이 어려운 학생 한 명만 빠졌다. 그러자 교사가 보충수업에 빠진 학생 두 명을 대놓고 괴롭히기 시작했다. 온갖 이유를 찾아내 그들의 잘못을 고발하는 바람에 내 친구는 교칙 세 개를 어겼다는 이유로 납득할 수 없지만 퇴학을 당했다.

친구는 어쩔 도리가 없었다. 어쩌다 저렇게 고약한 교사를 만났는지 화가 났고, 가난한 집에서 태어난 자기 자신이 원망스러웠다. 집안 사정이 좋다면 이런 일은 벌어지지도 않았을 테니 말이다. 우여곡절 끝에 원래 인생이 아닌 다른 길로 간 것 같았다. 더 이상 공부를 할 수 없어서 장사를 해 봤는데 첫 번째 장사에서 돈을 적잖이 벌었다. 그는 자신감이 생겼고 자기가 사업 수완이 있음을 알게 되었다. 몇 년이 지나 친구는 자기를 퇴학

시킨 교사 생각이 났다. 한때 원망의 대상이었던 그 교사가 지금 생각해 보니 하늘에서 보낸 귀인이었다.

사람 일은 예측할 수 없다. 하늘은 때때로 아주 황당무계하고 특별한 방법으로 우리를 앞으로 나아가게 한다. 인생길을 가다 난데없이 돌이 떨어져 머리가 깨지고 피가 날 때도 있다. 화가 나고 슬프지만 시간이 흐르고 나면 그 돌멩이가 그냥 돌멩이가 아니라 성공의 문을 여는 열쇠라는 것을 알게 된다.

일이 뜻대로 되지 않을 때 무턱대고 화를 내거나 울지 말자. 더구나 실의에 빠져 꿈을 포기해서는 안 된다. 인생 중에 맞닥뜨린 비극이 나중에 만날 희극의 복선이 될지도 모를 일이다.

살다가 겪는 우여곡절이
다른 사람 눈에는 저주로 보일지 모른다.
하지만 나중에 일이 잘 풀리고 나면 그때 만났던 불행이
장래의 축복이 되었음을 알게 된다.
운명의 신이 우리에게 내리는 시련을 피할 수 없다.
그러니 적극적으로 시련에 맞서야 한다.

고난은
축복의 다른 모습

마음이 부서져 본 사람이 행복이 무엇인지 안다.

태어나면서부터 한쪽 다리를 저는 아이가 있었다. 그는 가난한 집에 장애까지 지닌 자신의 처지가 매우 불만스러웠다. 아버지가 그를 교회에 데리고 가려 했으나 그는 거부했다.

"내가 뭐 하러 교회에 가요? 하느님이 나에게 이렇게 큰 고통을 준 걸 보면 일찌감치 나를 버린 거라고요!"

아버지는 아무 말도 하지 않았다. 다음날 퇴근길에 아버지는 도서관에서 위인전을 여러 권 빌려 왔다. 처음에는 거들떠보지도 않던 아들이 호기심으로 책장을 들춰 보다가 곧 책에 푹 빠지게 되었다.

아들은 맨 처음 〈밀레〉를 읽고 매우 감동을 받았다. 아버지에게 달려가 "아빠, 세계적인 거장 밀레도 원래 농부의 아들이었다는 것 아세요?"라고 말했다.

며칠 지나자 아들이 〈안데르센 전기〉를 품에 안고 뛰어 왔다. "아빠, 동화작가 안데르센 말이에요, 아버지가 신발 만드는 사람이었고 집도 가난했대요."

〈베토벤〉과 〈헬렌 켈러〉를 다 읽고 나서 아들은 더욱 놀랐다. "아빠, 베토벤은 소리를 듣지 못했고 헬렌 켈러는 앞을 보지 못했대요."

아빠가 자상하게 미소 지으며 아들의 머리를 쓰다듬었다. "아들아, 하느님께서는 너를 버리지 않았단다. 위인이 되기 전에 위인들도 가난한 보통 사람이거나 장애인이었다는 것을 이제 너도 알겠지?"

내가 아는 출판사 편집부 신입 직원 중에 인상에 깊이 남은 사람이 있다. 그 직원은 일도 잘하고 세심해서 내가 출장을 가면 일찌감치 차표를 예약하고 숙소를 잡아 놓았다. 번거로운 일도 그가 맡으면 매번 깔끔하게 처리되었다. 취재할 때 필요한 자료는 일주일 전에 미리 보내 주고 내가 참고할 만한 웹사이트도 적어 줬다. 더 놀라운 일은 내가 좋아하는 커피 종류같이 사소한 일들도 정확하게 기억해서 고맙다 못해 마음 깊이 감동을 받았다.

나는 이렇게 걸출한 인재라면 당연히 직장 경험도 많을 줄
알았다. 어느 날 그 사람과 이런저런 이야기를 나누다가 이 출
판사가 그가 학교 졸업 후 처음 들어온 직장이라는 것을 알았
다. 일하는 능력이나 사람을 대하는 태도, 진중한 행동거지로
봐서 그 직원이 나이가 적으리라고는 생각지 못했다.

나는 궁금함을 참지 못하고 특별한 이유가 있는지 물어봤
다. 직원은 겸연쩍어 하며 잠시 생각하다 털어놓았다.

"가정사 때문에 조숙해졌나 봐요."

그의 아버지는 술고래에 도박에 빠져 그는 열여섯 살이 되
도록 아버지 얼굴도 모른 채 엄마 손에 자랐다. 열여섯 살 때
아버지가 느닷없이 집으로 돌아왔다. 그는 아버지가 잘못을
뉘우치고 한 가족으로 살게 될 줄 알았지만 아버지는 회개는
고사하고 성격이 더 난폭해져서 어머니와 자신에게 돈을 내
놓으라며 폭행까지 일삼았다.

아버지가 나타난 후 집은 더 이상 평온한 안식처가 아니라
무서운 지옥이 되었다. 그와 어머니는 아버지가 도박하러 나
간 틈을 타 짐을 챙겨 급히 집을 떠나 남의 집에서 세를 사는
처지가 되었다. 아버지가 못 찾게 하려고 어머니는 직장을 그
만뒀고 그도 학교를 옮겼다. 그래서 고등학교 때부터 힘겹게
일을 할 수밖에 없었다.

비참했던 옛일을 회상하자 그 남자 눈에 눈물이 가득 찼다.

그러나 그가 잠시 후 목소리를 가다듬고 말했다.

"전에는 아버지가 미웠습니다. 하지만 지금은 고마워요. 그런 아버지가 있어서 지금의 제가 되었으니까요."

그럴 듯한 말이었다. 나는 그 직원이야말로 '고난은 축복의 다른 모습이다.'라는 말을 온몸으로 겪은 사람이라고 생각했다. 한때 가난했던 사람만이 열심히 일하는 것이 얼마나 중요한지 알기 마련이다. 한번 넘어져 봐야 일어서는 법을 배울 수 있다. 마음이 부서져 본 사람이 행복이 무엇인지 안다.

인생길은 길고 길다. 좌절과 시련을 잘 이겨내고 나서 문득 고개를 돌려 보면 깨닫게 된다. 예전에 겪은 상처와 눈물이 오늘의 나를 만들었음을.

하늘이 우리에게 준 선물이
때로는 우리를 슬프게 하고 영혼을 부숴 버리는
잔혹한 모습으로 나타나기도 한다.
하지만 이런 시련을 겪으면서
우리는 더 훌륭하게 성숙해지기 마련이다.

최고의 상

좋은 사람이 된 것이 가장 큰 상이다.

어린이 신문 주필을 맡은 작가가 있었다. 어느 날 그가 여자아이에게서 편지 한 통을 받았다. 내용은 이러했다.

아이 엄마가 과자를 구워서 식히려고 식탁에 올려놓았다. 그런 다음 여자아이와 동생에게 먹지 말라고 당부했다. 아이는 엄마 말을 듣고 먹지 않았지만 동생은 엄마 몰래 과자를 먹었다. 여자아이는 마음이 괴로운 나머지 작가에게 물었다.

"나쁜 짓을 한 동생은 과자를 맛있게 먹었지만 저는 열심히 노력해서 '착하다'라는 칭찬 한마디를 들었을 뿐이에요. 하느님은 진짜 공평하신가요?"

작가는 그 편지를 읽고 한참 고심했지만 어떻게 답장을 써야 할지 알 수 없었다. 실은 작가 자신조차 하느님이 착한 사람에게 상을 주고 나쁜 사람에게 벌을 주는 게 맞는지 의심스러웠다.

현실에서 착한 사람은 늘 손해를 보고 악한 사람은 이득을 보는 진짜 이유는 뭘까? 위의 말이 사실이라면 우리는 어째서 규율을 잘 지키는 착한 사람이 되어야 하는 걸까?

작가 자신도 이 문제에 대해 속 시원한 답을 찾지 못해 끙끙거리다 얼마 후 참석한 결혼식에서 그 답을 발견했다. 예식 중에 너무 긴장한 나머지 결혼반지를 신부의 오른손에 끼웠다. 이 모습을 본 목사가 신랑에게 재치 있게 말했다.

"오른손은 이미 더할 나위 없이 아름다우니 반지를 빼서 왼손에 끼워 주십시오."

작가는 이 짧은 말에 깨달음을 얻었다. "그래! 오른손은 이미 완벽해. 그러니까 반지가 없어도 돼." 도덕을 잘 지키는 착한 사람은 이미 존재만으로 완벽하다. 그래서 평소에 눈에 잘 띄지 않는 것은 아닐까.

작가는 이렇게 마무리 했다. 하느님은 누구든 좋은 사람이 될 수 있게 만들었다. 좋은 사람이 된 것이야 말로 하느님이 주시는 최고의 상이다.

우연히 이 글을 보고 내 마음을 짓누르고 있던 문제가 한 번에 풀려서 나는 무척 기뻤다. 사람이라면 모두 좋은 사람이 되고 싶어 한다. 이러한 바람이 우리 유전자에 들어 있을지도 모른다. 내가 이렇게 생각하는 이유는 아무리 흉악한 일을 저지른 사람이라도 자기 자신을 쉽사리 '나쁜 놈'이라고 인정하기는커녕 온갖 핑계거리를 갖다 붙이기 때문이다.

이는 다른 사람을 속이고 싶어서가 아니라 스스로를 속이려는 행동이다. '내가 몹쓸 일을 저질렀지만 다 이유가 있어.'라며 자기를 납득시키려 한다. 결국 그도 좋은 사람이 되고 싶은 것이다. 하지만 좋은 사람이 되는 것은 말처럼 그리 쉬운 일은 아니다.

예전 이웃 중에 오랫동안 직업도 없이 남을 속여 번 돈으로 생활하는 여자가 있었다. 그는 마약과 환각제를 복용하고 아침이건 저녁이건 노상 소란을 피워 이웃 사람들이 참기 힘들었다. 어느 날 그가 길 잃은 개를 입양했다는 소식을 들었다. 그가 드디어 착한 일을 했으니 잘 됐다고 생각했다. 그는 개가 너무 불쌍해서 자기가 구해 준 거라고 떠벌리고 다녔다.

그런데 그는 개 주인 노릇은 하지 않았다. 개는 아무 데나 똥오줌을 싸고 이웃집 마당에 있는 물건을 마구 물어뜯고 채소밭을 엉망으로 만들어 놓았다. 사람들이 그의 집으로 몰려가 잘못을 따지자 그는 이웃 말은 듣지도 않고 자기를 귀찮게 한다며 대판 싸웠다. 나는 이야기를 듣고 줄곧 생각했다. 어쩌다 일이 이렇게 되었을까? 그 사람은 '착한 마음'으로 시작한 일이 어째서 남들 눈에는 '나쁜 짓'으로 비춰졌을까?

시간이 흐르고 나서 비로소 알게 되었다. 그는 분명 좋은 일을 하고 싶었지만 어떻게 해야 하는지 방법을 몰랐던 것이다. 생각이 여기까지 미치자 그와 같은 사람들이 무척 가여워졌다.

'좋은 사람'이 될 수 있는 건 하느님이 사람에게 준 가장 큰 상이다. 하지만 '나쁜 사람'이 되도록 하는 벌도 줄 수 있다. 이런 까닭에 사람들은 어떻게 해야 좋은 일을 하는지를 도통 알 수가 없다.

좋은 사람이 되어야 한다는 점에 모두 동감하지만
좋은 사람이 되는 방법은 우리가 상상하는 것보다 훨씬 어렵다.
만약 우리가 좋은 사람이 된다면
하느님이 주시는 가장 아름다운 상을 받은 것이다!
그렇다면 더욱 노력해서
좋은 사람이 되는 영예를 얻어야 하지 않을까?

마음속
호랑이 두 마리

**마음속 나쁜 호랑이가 당신과 다른 사람의 인생을
통째로 삼키지 않도록 하라.**

어느 여름 오후에 노인과 손자가 나무 그늘 아래서 더위를 식
히고 있었다. 노인이 무슨 생각에 잠긴 듯 먼 곳을 바라보면
서 말을 꺼냈다. "얘야, 사람들 마음속에는 모두 호랑이가 두
마리씩 있단다. 한 마리는 착하고 마음이 넓고 자비롭지. 다른
한 마리는 못됐고 마음이 좁고 이기적이란다. 이 두 마리가 매
일 마음속에서 싸운다는구나."

"할아버지, 그럼 둘 중에 누가 이겨요?" 손자가 물었다.

할아버지가 손자 머리를 쓰다듬으며 의미심장한 웃음을
지었다.

"그거야 네가 평소에 밥을 더 주는 녀석이 이기지."

한 번 실수했다고 인생이 달라지지는 않는다. 하지만 실수가 계속되면 인생이 망가진다.

어릴 때 나랑 같이 놀던 이웃집 오빠가 있었다. 그는 불의를 참지 못하는 성격이라 나약한 아이들을 잘 돌봐줬다. 그가 길 잃은 강아지를 데려와 학교에서 몰래 키웠던 일이 아직도 기억난다. 결국 선생님에게 들켜 오빠는 된통 야단을 맞고 개는 교문 밖으로 쫓겨났다. 오빠는 어쩔 수 없이 개를 집으로 데려가 울고불고 난리를 친 끝에 부모 허락을 받아내 개를 기르게 되었다.

좀 더 자라 각자 자기 길을 가면서 연락이 끊어졌다가 이웃을 통해 그의 소식을 전해 들었다. 그는 중학교 때 밥 먹듯이 수업에 빠졌고 이런저런 일을 겪었다. 고등학생이 되자 질 나쁜 친구와 어울려 다니며 싸움을 일삼다 퇴학을 당했다. 그러다 깡패와 줄이 닿았고 조직의 우두머리가 됐다고 한다. 결혼하고 아들도 낳았지만 버릇을 고치지 못해 납치와 협박을 하다가 십 년 형을 받고 감옥에 있다고 했다. 그가 수감되었을 때 아들은 겨우 만 한 살이었다.

고향에 갔을 때 우연히 그의 어머니를 만났다. 어머니는 그 오빠 이야기를 하며 눈물을 흘렸다. 나는 오빠의 어머니를 모시고 면회를 가기로 하고 날을 잡아 차로 한 시간 거리에 있는 교도소에 갔다.

그날 나는 난생 처음 교도소에 가 봤다. 그리 편안해 보이지 않는 대기실에는 수감자들의 친지들이 무리를 지어 있다가 한 명씩 교도관에게 신분증을 보여 주고 이름을 적었다. 가져온 음식도 모두 검사했다. 면회 시간이 되자 가족들이 줄줄이 사탕처럼 작은 면회실로 들어갔다. 좁은 카운터에 한 대씩 놓인 전화기를 들고 가족들은 철창과 유리벽 건너에 있는 수감자와 통화했다. 영화에서 본 장면과 똑같았다.

얼마 지나 내가 만나려던 사람이 나왔다. 그는 내가 면회 온다는 소식을 미리 들었던 터라 나를 보자마자 겸연쩍게 웃었다. 시간이 한참 흘렀지만 그의 웃는 얼굴과 외모는 예전과 별 차이가 없었다. 한순간 나는 무슨 말을 해야 할지 도무지 알 수 없었다.

몇 분 간 면회 시간은 금방 끝났다. 차를 오래 타서 피곤했는지 돌아오는 길에 그의 어머니는 내내 잤다. 내 머릿속에는 '어릴 때 그렇게 착하고 의리 있고 작은 동물도 몸소 돌보던 오빠가 어쩌다 세상 사람들의 손가락질을 받는 몹쓸 놈이 되어 버렸을까.'라는 생각을 떨칠 수 없었다.

이 문제는 당사자인 오빠도 제대로 답할 수 없을 것이다. 자기도 알아차리지 못한 채 마음속의 '못된 호랑이'에게 밤낮으로 먹이를 주면서 크게 키웠다. 결국 이 호랑이는 그의 인생을 집어삼킨 것도 모자라 어머니와 아내, 아들의 인생도 망쳐 놓았다. 그 사람을 사랑했던 가족들에게는 청천벽력이 되었다.

사람들 마음속에 착한 호랑이와 악한 호랑이 두 마리가 산다는 말이 맞다. 아무리 위대한 자선가나 종교인도 마음 한구석에서 나쁜 생각이 솟구칠 때가 있다. 아무리 죽어 마땅한 악당이라도 내심 선량한 인성이 남아 있기 마련이다. '좋은 사람'과 '나쁜 사람'의 차이는 알고 보면 개인이 선택한 것이다. 우리는 둘 중 어느 생각을 드러내 놓곤 하는가?

　스스로 나쁘다고 평가받고 싶어 하는 사람은 없다. 사람들은 종종 어떤 일을 저지르고 나서 '나는 원래 참 착한데 ○○때문에'라며 핑계를 대곤 한다. 자기 마음속에 나쁜 호랑이에게 눌려 간신히 숨만 쉬는 착한 호랑이가 있다는 걸 알지 못한 채 말이다.

　'악함이 크지 않다고 하더라도 행하지 말며 선함이 적다고 하더라도 행하라.' 구닥다리 같은 격언이지만 우리는 이 말을 새겨 들어야한다. 잊지 말자. 내가 하는 행동이 마음속 호랑이 두 마리의 먹이가 된다는 것을.

내가 하는 행동이 내 인생을 결정한다.
좋은 일을 하고 싶은가, 나쁜 일을 하고 싶은가?
이를 결정하는 사람은 남도 아니고 운명도 아니고
바로 우리들 자신이다.

열매 맺지 못하는
땅은 없다

땅이 척박할까 봐 신경 쓰지 말고
당신 자신을 정확하게 파악하도록 애쓰라.

시골에 매우 황폐한 땅이 있었다. 원래 그 자리에서 농사짓던 사람들은 작황이 좋지 않아서 하나둘씩 자리를 떴다. 농부 한 사람만이 이사 갈 기색 없이 밭을 지켰다. 더구나 그 사람 밭은 농사가 잘 돼서 해마다 추수철이 되면 낟알이 알알이 달렸다.

　그 마을을 지나던 여행자가 궁금해서 농부에게 물었다.

　"남들은 이 땅이 아무 대책이 없다고 하는데 당신 혼자 그렇게 농사를 잘 짓는 비결이 뭡니까?"

　농부는 웃으며 어깨를 으쓱했다.

　"솔직히 비결이랄 것도 없습니다. 그저 땅이 무슨 얘기를 하는지 귀 기울여 듣고 간절히 원하는 걸 심었을 뿐입니다."

"그게 무슨 말이죠?" 여행자가 캐물었다.

"여기서 과일이 잘 안 되면 다음에는 열매채소로 바꿔 심고, 그것도 안 되면 잎채소를 심죠. 채소도 안 되면 그 다음에는 밀을 심고…… 그렇게 했습니다. 땅마다 잘되는 씨앗이 다르답니다." 농부가 웃었다.

여행자가 농부의 지혜를 더 들려달라고 하자 밀밭을 바라보며 말했다. "떠난 사람들은 말입니다, 돈 되는 과일나무만 심었어요. 그러다 땅이 척박해서 잘 안 된다고 다 가 버렸죠. 척박한 것은 땅이 아니라 사람들의 마음이에요."

나는 대학에서 중문학을 전공했다. 졸업한 지 한참 지났지만 학교 다닐 때 있었던 일이 아직도 생생하다.

어느 날 같은 과 남학생의 부모가 학교로 찾아와 복도에서 학생을 끌고 당기면서 교수더러 중재를 해 달라고 소란을 피웠다. 이 남학생의 부모는 '남자가 중문학을 공부해서 앞으로 무슨 전망이 있겠느냐'며 휴학하고 다시 시험을 쳐서 의대에 가라고 종용했다. 하지만 남학생은 문학을 좋아해서 부모 말을 듣지 않고 집을 나와 몰래 등록을 하고 수업을 들었단다. 그런데도 부모는 욕심을 접지 못해 학교까지 찾아와 난리를 쳤다. 결국 그 남학생은 교정에서 자취를 감췄다.

한참 지난 후에 들은 소식으로는 그는 의대 시험을 몇 번 쳤으나 합격하지 못하고 가족과 부모와 완전히 등지고 서른 몇 살에 다시 문과대학에 들어가 공부하고 있다고 했다.

나는 그 학생의 부모를 당최 이해할 수 없었다. 모든 사람이 의사라는 직업과 어울리지는 않는다. 의사가 되어야만 출세한 걸까? 그가 의사가 되지 못했다고 해서 걸출한 작가가 되지 못한다는 법은 없는데 말이다. 부모의 집착이 아들과 연을 끊을 일일까?

뭔가를 결정할 상황이 되면 우리는 종종 자신의 부족함을 냉정하게 인정해야 한다. 이럴 때는 용기가 필요하다. 의대를 가고 싶지만 그만큼 똑똑하지 않다. 판매왕이 되고 싶지만 말재주가 변변찮다. 소설을 쓰고 싶지만 글솜씨가 없다. 돈을 많이 벌고 싶지만 사업에 소질이 없다.

그런데 하나를 못한다고 자기가 '아무짝에도 쓸모없다'는 의미는 아니다. 나는 똑똑하지 않더라도 끈질기다. 말재주는 없지만 머리는 잘 쓴다. 글은 못 써도 미술에는 소질이 있다. 돈 버는 재주는 없지만 누구보다 건강하다.

"이 세상에 태어난 사람은 모두 각자 임무와 사명이 있다. 당신의 임무, 당신의 사명은 무엇인가?"라는 말을 나는 좋아한다. 누가 가르쳐 줄 수도 없는 이 질문의 답은 스스로 찾아야 한다.

땅이 척박할까 봐 겁내지 말고 자기 자신을 제대로 파악하고 있는지를 신경 쓰라. 작물을 낼 수 없는 땅은 없다. 당신이 부적합한 씨를 뿌린 것일 뿐.

원래 갖고 태어난 재주는 반드시 쓸모가 있다.

사람도 땅처럼 비옥한 땅도 있고 척박한 땅도 있다.

하지만 쓸모없는 땅은 하나도 없다.

쓸모 있게 쓰는 방법을 모를 뿐이다.

좋은 사람입니까
만만한 사람입니까

**장미에 있는 가시는 남을 찌르기 위해서가 아니라
자기를 보호하기 위해서다.**

어느 여인이 마당에 장미를 심었다. 매일 열심히 물을 뿌리고 때맞춰 가지치기도 했다. 여인의 수고에 보답이라도 하듯 크고 아름다운 장미꽃이 피었다.

그런데 이 여인이 장미를 손질하다 조금만 방심하면 뾰족한 가시에 손가락을 찔려 피가 났다. 여인이 어느 날 묘안을 생각해냈다. 두꺼운 장갑을 손에 끼고 작은 가위로 오후 내내 장미의 가시를 전부 잘라 버렸다. 큰일을 하고 나서 여인은 자신이 기가 막힌 생각을 했다고 만족스러워했다. 이렇게 해 놓으면 다시는 가시에 찔리지 않으리라.

그로부터 며칠 후 장미가 점점 시들어갔다. 장미를 자세히 들여다본 여인은 깜짝 놀랄 수밖에 없었다. 뾰족한 가시가 없어지자 벌레가 다닥다닥 달라붙어 꽃이며 잎이며 가리지 않고 갉아 먹어서 눈을 뜨고 볼 수 없을 지경이었다. 얼마 못 가 장미는 죄다 갉아 먹혀서 화단에는 아무 것도 남지 않았다. 여인은 그제야 깨달았다. 장미 가시는 남을 찌르기 위해서가 아니라 자기를 보호하기 위해 있다는 것을.

여성 독자가 내게 보내온 편지에 적힌 내용이다. 그 독자는 워낙 나약한 성격이라 누가 부탁을 하면 거절을 못해 늘 손해를 본다고 했다. 직장에서 다들 하기 싫어하는 일은 늘 그녀에게 돌아갔다. 친척 간에 해결하기 어려운 일도 그가 도맡았다. 친구들끼리 먹고 마시고 노는 자리에는 그녀를 반드시 부르지는 않았지만 아이를 봐줄 사람을 찾거나 심지어 돈을 빌릴 때는 꼭 그녀를 찾아왔다. 가장 화나는 것은 남들을 위해 그렇게 열심히 일해도 상대가 고마워하기는커녕 그녀가 잘못했다고 원망하는 경우였다. '고생은 고생대로 하고 욕은 욕대로 먹는다.'가 딱 그 경우였다.

다른 남자 대학생의 고민은 마음에 두고 있는 여학생에게 '부르면 달려오는 해결사' 취급을 받는다는 것이었다. 상대방은 남학생을 불러 컴퓨터를 고쳐 달라, 야식을 사 와라, 운전

기사 노릇을 해 달라고 한단다. 심지어 자신을 현금지급기로 여기는 여학생도 있다고 했다. 어렵게 용기를 내어 사랑을 고백했지만 돌아온 대답은 "너는 착한 사람이긴 하지만 내게 친구 이상은 아니야."였단다.

이들 두 사람은 성별, 나이, 직업이 다르지만 그들의 편지에는 약속이라도 한 듯 똑같은 말이 적혀 있었다. "어쩌면 제일 심각한 문제는 다른 사람에게 너무 과하게 잘해 준다는 것입니다."

그렇다. 그들이 하는 말은 하나도 틀리지 않았다. 남들에게 잘한다는 게 문제의 핵심이다. 하지만 단순히 자기 문제를 잘 아는 것만으로는 부족하다. 그들에게 필요한 것은 자신을 바꾸는 용기다. '아니다'라고 말하는 기술을 반드시 익혀야 한다. 그리고 자기를 위해 멈추고 돌아서는 지점을 알아야 한다. 그렇지 않으면 비슷한 상황에서 똑같은 일이 되풀이될 것이다.

사람은 누구나 남한테 '좋은 사람'이라는 소리를 듣고 환영받고 싶어 한다. 이런 생각이 틀린 건 아니다. 하지만 우리는 이 세상에 '좋은 사람'뿐 아니라 욕심이 한도 끝도 없으며 노상 남을 이용하는 '나쁜 사람'도 있다는 참혹한 현실을 알아야 한다.

옛말에 이르기를 '남을 해치려는 마음을 가져서는 안 된다. 또한 남으로부터 나를 지키려는 마음이 없어서도 안 된다.'라고 했다. 이는 반드시 착하게 살아야 하지만 자기를 보호하는 것도 잊어서는 안 됨을 일깨우는 말이다. 이른바 '자기 보호' 란 매 순간마다 기를 쓰고 남을 경계하라는 뜻이 아니라 '남들에게 잘하되 상한선을 정해 두라'는 뜻이다. 그렇지 않으면 우리는 주변 사람의 눈에 동네북으로 비쳐질 수밖에 없다.

장미의 가시는 사람에게 상처 주기 위해서가 아니라
자기를 보호하기 위해 있다.
좋은 사람이 되고 싶은 건 말리지 않는다.
하지만 이것도 좋고 저것도 좋다는
만만한 사람이 돼서는 안 된다.
언제나 남 좋은 일만 하면서
자기는 상처받는 사람으로 살지는 말자.

남이 원치 않는 것을
발견하라

때론 남이 원하지 않는 것이 무엇인지 아는 게 더 중요하다.

요식업에 관심이 많은 남자가 음식점 매니저가 되었다. 그 남자는 매일 열심히 일하고 최선을 다해 손님을 응대했다. 하지만 이상하게도 음식점 매출이 늘기는커녕 급격히 하락했고 손님이 갈수록 줄어들었다.

어느 날 음식점 사장이 남자를 불러 심각하게 말했다.

"당신은 일하는 방식을 좀 바꿔야겠소. 내 생각이 틀렸다고 생각하면 다른 일자리를 찾아보시오."

매니저는 이 말을 듣고 억울하고 화가 났다.

"저는 다른 사람보다 더 적극적으로 부지런하게 일했습니다. 그런데 다른 사람에게는 아무 말도 안 하면서 왜 저한테만 바꾸라고 하십니까?"

사장은 그 말에는 답을 하지 않고 사무실 밖에 있던 남녀 한 쌍을 가리키며 물었다.

"저 사람들을 어떻게 응대할지 한번 말해 보시오."

"그야 최선을 다해 서비스 해야죠." 매니저는 조금도 주저함 없이 술술 말했다. "일단 손님들에게 가서 주방장이 가장 잘 만드는 음식을 알려 주고 주요리가 나오면 음료를 두 잔 내놓겠습니다. 술을 따라 드려도 되겠군요. 그리고 나서 후식을 추천하겠습니다."

사장이 재차 물었다. "매니저가 보기에 저 두 사람은 어떤 사이로 보이나?"

"연인 아니겠습니까?"

"그렇다면 저 두 사람은 왜 우리 음식점에서 식사를 할까?"

"음식 맛이 좋아서겠죠. 그리고 분위기도 좋고요."

"자네 말이 맞네. 우리 음식점에 오는 손님은 자네와 잡담하러 오는 게 아니야. 자네의 가장 큰 문제점이 뭔지 아나? 자네는 열심히 일한다고 하는데 손님에게는 그게 부담이 되는 거라네. 손님들은 방해받고 싶지 않다고."

사장 말이 구구절절 옳아서 매니저는 입도 뻥긋할 수 없었다. 사장이 말을 이었다.

"최고의 서비스는 손님이 무엇을 원하는지 살펴보는 데서 끝나지 않아. 무엇을 원치 않는지 알아차리는 게 더 중요하다네."

나 역시 기가 막히기도 하고 우습기도 한 일을 겪은 적이 있다. 내 친구가 오랫동안 사귀던 여자 친구에게 청혼하기로 하고 여자 친구가 좋아하는 음식점을 예약했다. 그날 나를 비롯한 친구들에게 음식점에서 자기를 응원해 달라고 부탁했다.

창 밖에 펼쳐진 멋진 야경과 촛불, 맛있는 음식까지 모든 것이 완벽했다. 친구가 우리들에게 눈짓을 하고 반지를 꺼내려는 순간, 음식점 사장이 오더니 한담을 늘어놓았다. 요리의 색깔이 어떻고, 날씨가 어떻고, 심지어 선거 결과에 대한 이야기도 나왔다. 당연히 분위기가 망가져서 청혼 의식은 훗날로 연기되고 말았다. 사장은 아무 생각 없이 한 행동이지만 그 친구는 당분간 그 음식점에는 가지 않았으리라.

나도 비슷한 실수를 자주 한다. 사랑하는 사람에게 상대가 원하지 않는 물건을 건네고는, 만에 하나 상대방이 받지 않겠다고 하면 민망한 나머지 화를 내고 상대방이 고마워할 줄 모른다고 섭섭해 한다.

내 친구 한 사람은 수입이 일정하지 않아 매달 지출이 수입을 초과했다. 게다가 그의 여자 친구는 오랫동안 일을 하지 않아 변변찮은 벌이로 두 사람이 살자니 살림이 너무 빠듯했다. 나중에 친구가 더 이상 견디지 못하고 여자 친구에게 시간제

일자리라도 좋으니 일을 해서 가계에 보태라고 했다.

뜻밖에 여자 친구는 그 제안을 단박에 거절했다. 이유인즉 자기가 일하러 나가면 밥하고 빨래는 누가 하냐는 것이었다. 이야기가 길어질수록 여자 친구는 내 친구가 은혜를 모른다고 화를 냈다. 두 사람은 크게 싸우고 결국 헤어졌다.

시간이 한참 지난 뒤 나는 우연히 그 여자를 다시 만났다. 여자는 자기의 전 남자 친구가 어떻게 지내는지 궁금해했다. 남의 불행을 바라기라도 하듯 그녀가 물었다. "그 사람, 밥도 할 줄 모르고 집안일에는 젬병인데 나 없이 살기 힘들다 하죠?"

그녀의 말도 안 되는 자신감은 대체 어디서 나오는 것일까? 나는 겸연쩍어 하며 친구 소식을 알려 줬다. 그 친구가 이제는 경제적 부담에서 완전히 벗어났고 새로 사귄 여자 친구는 수입이 있는 직장인이라 남자는 매우 즐겁게 지낸다고.

남이 '원하는 것'과 '원하지 않는 것'이 무엇인지 알아야 한다. 이것을 제대로 알면 인간관계에 융통성이 생기고 나도 남도 더 편해질 것이다.

내 생각만 하고 일방적으로 주면

받는 사람이 거북해하거나

내 기분이 나빠지는 경우가 종종 있다.

남이 무엇을 원하는지만 보지 말고

남이 원하지 않는 것이 무엇인지도 알아야

인간관계에서 생기는 수많은 문제가 해결된다.

더하기가 아니라
빼기를 잘하는 사람

욕망과 부담을 버려야 비로소 삶이 홀가분해진다.

불교 사원이 다 지어졌다. 그 절의 승려들이 관음상을 만들 조
각가를 물색했다.

첫 번째 조각가는 사흘 동안 밤낮 없이 불경을 읽고 불상을
통해 신의 심오한 뜻이 드러나기 바라며 작업을 시작했다. 완
성된 불상은 더할 나위 없이 훌륭했지만 너무 근엄해서 친근
감이라고는 찾아볼 수 없었다.

두 번째 조각가는 사흘 동안 역사적 가치가 있는 불화를 조
사하고 나서 자신의 조각에서 불법의 정수가 드러나길 바라
며 일을 시작했다. 그의 작품은 매우 아름다웠지만 부처가 지
녀야 할 장중함이 부족했다.

사찰에서는 어쩔 수 없이 세 번째 조각가를 찾아 일을 맡겼다. 이상하게 세 번째 조각가는 경문도 읽지 않고 불화도 펼쳐 보지 않았다. 그저 돌덩이를 작업실에 갖다 놓고 꼼짝 않고 쳐다보기만 했다.

사흘이 흘렀다. 조각가는 손가락 하나 움직이지 않았다. 그러다가 느닷없이 벌떡 일어나더니 공구를 들고 돌을 쪼기 시작했다. 조각가의 움직임은 물 흐르듯 자연스러웠다. 완성된 작품은 장엄하면서도 자비로움이 느껴졌다. 불상을 본 사람은 누구든 칭찬을 하느라 입을 다물지 못했다. 구경하던 사람 중 하나가 궁금함을 참지 못하고 조각가에게 물었다.

"선생님, 이렇게 훌륭한 작품을 만든 비결이 무엇입니까?"

"제 조각의 비밀은 곧바로 조각을 하지 않는 것입니다." 조각가가 말했다. 질문한 사람은 그 말이 무슨 말인지 몰라 어리둥절했다. 조각가가 미소를 지으며 설명했다.

"관음은 원래 돌 안에 있습니다. 저는 그저 불필요한 부분을 없애는 일만 했을 뿐입니다."

사람들은 겉에서 보이는 '포장'이 멋지면 인생이 아름답다고 생각한다. 포장은 고급차나 호화로운 집, 보석이나 명품, 비싼 옷일 수도 있고 화려한 명성이나 지위가 될 수도 있다. 하지만 내 주변에서 진정으로 유쾌하게 사는 사람들은 '더하기'가 아니라 '빼기'를 잘하는 사람들이었다. 그들은 겉에서 보이는 장식을 벗어 버리고 자기의 순수한 본심을 드러낼수록 심신이 안정된다고 털어놓았다.

친구들 모임에 갔다가 우연히 어느 사업가를 알게 되었다. 그 사람이 순식간에 벼락부자가 되었으며 대단한 기업의 소유주라는 말에 나는 적잖이 놀랐다. 그는 복장도 지극히 평범했고 말투도 온화해서 어디를 보나 돈이 많은 걸 자랑하는 기색이 전혀 없었다. 오히려 이웃집 어른 같이 친근하고 주위사람을 편안하게 대했다. 친구에게 들은 바로는 그 사업가가 오래 전부터 자선단체를 후원하고 있으며 심지어 자기가 가진 타이베이의 금싸라기 땅에 있는 사무실을 자선단체에 무료로 내주었다고 했다.

내가 존경을 표시하자 그는 사양하면서 자기가 그다지 대단한 일을 하는 것도 아니라고 했다. 그러면서 자신의 과거사를 들려 줬다. 그가 젊었을 때 집이 매우 가난했다. 나중에 맨손으로 사업을 시작해 큰돈을 벌었고 가정을 꾸렸다. 초창기에는 자기가 잘나서 사업을 잘 하는 줄 알고 최고로 좋은 것을 먹고 썼으며 해외 출장이나 여행갈 때는 비행기 일등석만 탔단다. 하지만 언제부터인지 출국 전날 밤만 되면 까닭 모를 불편한 마음이 들었다. 처음에는 그 이유를 몰랐지만 얼마 지나서 자기는 천성적으로 일등석을 싫어한다는 것을 알았다. 승무원들은 승객에게 깍듯이 대했지만 그는 거북하기만 했다. 일등석에 탄 다른 승객들이 승무원을 제멋대로 부리는 태도도 눈에 거슬렸다. 그날 이후 그는 비서에게 일등석이 아니라 일반석을 예약하라고 일렀다.

비행기 자리부터 시작해 그 사람은 기존의 관행을 여러모로 간소하게 했다. 수입차를 팔고 국산자동차를 탔으며 허세 부리기 위해 고용했던 운전사 대신 자신이 직접 운전대를 잡았다. 신기한 일은 생활은 여전히 바쁘지만 오히려 전보다 안정되고 즐거움을 찾았다고 했다. "나는 이제야 돈이 나를 쓰는 것이 아니라 내가 돈을 쓰는 법을 알게 되었습니다." 그러면서 덧붙이기를 좋은 음식을 배부르게 먹지 않고 집에서 밥을 먹으니 오랫동안 시달렸던 심혈관 질병도 서서히 줄었다고 했다.

살면서 지나치게 갖고 싶은 것은 때로는 무거운 짐이 되어 인생길을 피곤하고 혼란스럽게 한다. 이런 짐을 내려놓으면 더 발랄하고 내실 있게 살 수 있을 것이다.

살다 보면 갖고 싶은 것이 상당히 많다.

그것들을 갖기 위해 갖은 애를 쓰다 마침내 손에 넣고 나면

우리가 기대했던 것처럼 기쁘지 않아서

이상하다고 느끼는 경우가 있다.

맹목적으로 바라기보다 먼저 버리는 법을 배워라.

욕망의 부담을 내려놓으면 비로소 인생이 경쾌해진다.

비난하는 말은
황산과 같다

비난하는 말을 적게 하고 칭찬을 많이 하라. 비난하는 말은
황산과 같아서 사람 사이의 감정을 빠르게 부식시킨다.

어느 날 아침 소시지 가게 주인이 가게 문을 열었다. 문 밖에
개 한 마리가 어슬렁거리고 있었다. 주인이 쫓아 버리려 했지
만 개는 한 발짝도 물러가지 않고 가게 주인을 똑바로 쳐다보
는 품이 꼭 무슨 말을 하고 싶은 것 같았다.

그때 개의 목에 쪽지와 지폐가 묶여 있는 것이 가게 주인 눈
에 들어왔다. 주인이 이상하게 여겨 쪽지를 풀어서 읽었다. 쪽
지에는 소시지 두 개와 거스름돈을 개에게 주라고 적혀 있었다.

가게 주인은 반신반의하며 시키는 대로 소시지와 거스름
돈을 종이 봉지에 넣어 개에게 줬다. 개는 조심스럽게 종이 봉

지를 입에 물더니 길을 내달렸다.

가게 주인이 궁금한 마음에 그길로 개를 쫓아갔다. 개는 한두 번 한 일이 아닌 듯 오른쪽으로 돌고 왼쪽으로 돌더니 큰 건물로 들어가 엘리베이터에 올라탔다. 가게 주인도 재빨리 개를 쫓아 엘리베이터에 탔다. 개가 두 발로 서더니 엘리베이터 단추를 눌렀다. 그 모습을 보고 가게 주인은 아까보다 두 배로 놀랐다. 엘리베이터 문이 열리자 개는 어느 집 현관문으로 달려가 봉지를 내려놓고 "멍멍" 짖었다. 그 집이 개가 사는 집인 것 같았다.

예상대로 집 안에서 남자가 한 명 나오더니 대뜸 개에게 욕을 퍼부었다. 저쪽에 숨어서 그 광경을 지켜보던 가게 주인이 튀어 나가서 말했다. "어이, 형씨. 심부름까지 하는 똑똑한 개한테 어쩌자고 그리 욕을 하시오?"

"당신 지금 똑똑하다고 했소? 열쇠 안 갖고 나간 게 벌써 두 번째란 말이오!"

물론 이 이야기는 꾸며낸 이야기지만 글을 읽는 사람은 누구나 이 개가 불쌍하다고 느낄 것이다.

예전에 회사 다닐 때 일이다. 동료 직원에게 일곱 살 난 딸이 있었는데 학교가 일찍 끝나서 엄마가 일하는 사무실로 왔다. 엄마가 회의를 하는 동안 아이는 내 옆에 얌전히 앉아서 소리도 안 내고 그림을 그렸다. 아이가 하도 기특해서 내가 칭찬을 했다.

"너 정말 착하고 그림도 예쁘게 그리는구나."

그러자 그 여자아이가 고개를 홱 쳐들고 나를 보며 물었다.

"정말요? 제가 그림을 잘 그려요?"

"그럼!" 아이의 반응이 이상하다고 생각하는 참에 아이가 중얼거렸다. "이모 최고예요. 엄마는 나를 칭찬한 적이 한 번도 없어요." 여기까지 얘기했을 때 아이 엄마가 다가와 큰소리로 딸을 꾸짖었다. "너 아직도 그림 그려? 공부는 안 해?" 그러더니 아이가 그린 그림을 흘겨보고 잔소리를 했다. "뭐 그렸어? 이게 그림이야? 이게 어딜 봐서 산이니? 내가 못 살아."

여자아이는 민망해서 입술만 깨물었다. 나 역시 동료를 똑바로 쳐다볼 수 없었다. 자기 딸인데 말을 그렇게 험하게 하다니. 게다가 남들 앞에서.

내 생각에 그 동료는 전형적인 타이거맘(자녀를 혹독하게 교육시키는 엄마 – 역주)으로 월요일부터 일요일까지 아이 일정을 빽빽하게 짜 놓고 방과 후 몇 시간은 피아노 연습까지 시켰다. 그 사람은 예전에 별 생각 없이 칭찬하면 아이를 망칠 수도 있고 노력할 줄 모르는 사람이 된다는 말을 한 적이 있다.

공부만 중요시하는 이런 교육현실에서는 타이거맘이 되어야 내 아이를 제대로 길러낼 수 있을지도 모른다. 하지만 성적이 오르고 상장 받는 것 말고 눈으로 볼 수 없는 것들은 어떻게 되는 것일까? 예를 들어 아이의 자심감과 성취감, 삶을 즐길 줄 아는 마음 같은 것들 말이다. 결국 그 아이는 평생 기를 쓰고 엄마를 기쁘게 할 방법을 궁리하지만 엄마는 언제나 만족하지 못하는 것은 아닐까?

남의 결점을 찾아내는 건 간단하다. 잘 되라는 마음에서 나온 말이라며 그럴 듯한 핑계를 댈 수도 있다. 남을 혼내는 일은 쉽다. 우리는 매우 당당하게 상대방을 향해 "내가 이러는 건 다 너를 위해서야."라고 한다.

하지만 신랄한 비판은 황산처럼 사람 사이의 정을 빠르게 녹여 버린다는 점을 기억해야 한다. 잘못을 지적하고 칭찬을 적게 하면 부부나 부모자식 간에 상처가 생기기 마련이다.

짧은 시간에 잘 해내려고 하는 마음 때문에
식구들의 잘못을 지적한다.
하지만 말은 무시무시한 무기이다,
말 때문에 받는 상처는 우리의 상상을 넘어선다.
비난하는 말은 되도록 적게 하고 칭찬하는 말을 더 많이 하라.
그러면 가족 사이의 관계가 더욱 돈독해질 것이다.

두려움이 주는 가치

업무는 샘물과 같아서 스트레스가 많을수록
물줄기도 높이 솟아오른다.

어느 고등학교에서 유명인을 초청해 강연회를 했다. 강연자
는 외국인으로 미국 메이저리그에서 활약하는 스타 선수였
다. 학생들은 흥분을 감추지 못했다. 강연을 마치고 스타 선수
가 학생들에게 질문을 하라고 했다. 한 학생이 물었다.

"당신은 도대체 어떤 마음으로 야구를 합니까?"

"여러분들이 한번 대답해 보세요." 야구 선수가 미소를 지
으며 되물었다. 무대 아래에서 별별 말들이 다 나왔다.

"가장 흥미 있는 일이면서 가장 잘하는 일이니까 분명 재밌
겠죠."

"당신이 제일 좋아하는 야구를 하니까 당연히 기쁠 것 같아요."

"모두 틀렸습니다." 야구 선수가 엄숙하게 말했습니다.

"나는 언제나 경계하고 두려워하는 마음으로 타석에 섰습니다."

무대 아래에서 재잘대던 학생들이 순간 입을 다물었다.

"만약 내가 기쁘고 즐기는 마음만 갖고 공을 쳤다면 프로야구의 세계에서 일찌감치 도태되었을 겁니다."

이 말은 일본 출신 메이저리거 스즈키 이치로가 인터뷰에서 했던 말이다. 그의 일상생활은 밖에서 생각하는 것만큼 다채롭지 않다. 하루하루가 똑같고 단조로운 일상이 반복될 뿐이다. 이치로는 매일 정해진 시간에 일어나 대동소이한 세 끼 식사를 한다. 스즈키에게는 일종의 괴벽이 있는데 외식할 때 거의 같은 식당에서 밥을 먹는다.

그렇다면 그에게 생활의 중심은 무엇일까? 답은 연습이다. 각종 연습과 부단한 연습. 스즈키가 '경계하고 두려워하는 마음으로 야구를 한다'고 말한 건 그런 까닭이다. 만약 야구가 재밌다, 스포츠 스타로 살아서 자랑스럽다는 이유로 야구를 했다면 치열한 경쟁이 펼쳐지는 메이저리그에서 지금까지 버틸 수 없을 것이다.

하지만 다른 측면에서 보면 스즈키가 자기 일을 그저 무미

건조하고 재미없다고만 생각하진 않을 것 같다. 만약 그랬다면 진작 미쳐 버렸거나 다른 길로 갔을 것이다. 스즈키가 자기 길을 묵묵히 걸어온 데는 분명 야구에 대한 열정도 있었을 것이다,

스즈키의 일화는 우리에게 이런 교훈을 준다. "열정만 있다고 해서 일을 잘할 수 없다. 마찬가지로 열정이 없어도 일을 잘할 수 없다."

많은 사람들이 자기가 맡은 일에 대한 부담이 적기를 바란다. 그러나 일본의 트렌드분석가가 일찍이 이런 말을 했다. "정말 쉽고 즐거운 일이 있다면 그 가운데서 얻는 것은 그리 귀중한 것이 아닐 것이다."

당신이나 나나 일하다 느끼는 스트레스의 가치를 종종 잊어버리곤 한다. 일은 샘과 같아서 스트레스를 많이 받을수록 분출되는 물줄기도 높아진다. 스트레스가 없다면 물줄기가 생기지 않아 죽은 웅덩이가 되고 많다.

나를 예로 들면 책을 쓰건 짧은 원고를 요청 받든 청탁자가 "아직 여유 있으니 시간 날 때 쓰세요."라고 하면 무척 두렵다. 상대방이 몇 월 며칠이라고 마감시한을 정확하게 지켜 달라고 하면 늘 쫓기는 마음이 들긴 하지만 자기를 독촉하여 매일 계획에 맞춰 글을 쓰게 된다. 과정이 힘들지만 기간 내에 마쳤을 때 만족감은 말로 표현할 수 없다.

스트레스를 받을 때 원망하거나 고개를 돌려 피하는 것보다 용감하게 맞서고 내 힘으로 스트레스를 나의 조력자로 만드는 게 낫지 않을까. 일의 성취감은 이런 스트레스에서 생긴다.

스트레스를 원하는 사람은 없다.
하지만 스트레스는 앞을 향해 달려가는 힘이며
직장에서 더 많은 능력을 발휘하게 만드는 동력이기도 하다.
스트레스를 받아들이는 법을 알게 되면
자신의 무한잠재력을 발휘할 수 있다.

다른 사람 관점에서 보기

'역지사지' 세상을 더욱 아름답게 만드는 유일한 힘이다.

온 세상이 꽁꽁 얼어붙은 겨울, 집 밖으로 나가기 힘들 정도로 하루 종일 눈이 많이 내렸다. 그런데 한 초등학교에서 어찌 된 일인지 임시휴교를 하지 않겠으니 학생들 모두 학교에 나오라고 발표했다. 이 말을 들은 일부 학부모들이 교장에게 항의 전화를 걸었다.

　교장은 학부모들에게 자신이 직접 자초지종을 이야기하겠다고 비서에게 전했다. 교장의 말을 듣고 나서 학부모들은 전혀 이의를 달지 않았을 뿐 아니라, 교장의 행동에 적극 찬성을 표시했다고 했다.

　도대체 교장이 무슨 말을 했을까?

교장의 말은 이러했다. "우리 학교에는 가정 형편이 어려워서 난방 장치도 없는 집에서 사는 아이들이 많습니다. 그 아이들은 오늘 휴교를 하면 난방 장치도 없는 집에서 추위에 떨 것이 뻔합니다. 끼니도 거르겠죠. 하지만 학교에 오면 난방이 되니 따뜻하고 영양가 있는 점심도 먹을 수 있습니다. 이런 까닭에 눈이 많이 왔지만 등교하라고 했습니다."

실제 있었던 이 이야기를 듣고 나는 무척 감동을 받았다.

대만의 방송영어강좌 창립자이자 선교사인 팽몽혜 여사는 젊은 시절 원주민 마을에서 일했다. 한 번은 그 마을 할머니가 집에 급히 돈이 필요한 일이 생겼다며 팽몽혜 여사에게 돈을 빌려 달라고 했다. 며칠 지나지 않아 그 할머니는 똑같은 이유를 대며 또 다시 팽 여사에게 돈을 꿔 달라고 했고 팽 여사는 두말 않고 전처럼 선뜻 돈을 내줬다.

어떤 사람이 그런 식으로 돈을 주는 게 잘한 일인지, 속은 건 아니냐고 물었다. 팽 여사가 답했다. "할머니가 거짓말을 했으면 그건 할머니가 잘못한 것이지요. 하지만 할머니가 나를 속이지 않았는데 내가 그 분을 믿지 않았다면 그건 제 잘못입니다."

팽 여사는 이 같은 자상함과 공감 능력 때문에 많은 사람들로부터 존경을 받았다.

전에 친구와 인도 여행을 갔다. 친구는 기념품을 살 때, 특히 노인이나 어린아이에게서 기념품을 살 때는 가격 흥정을 거의 하지 않았다. 같은 돈을 내고 다른 사람은 서너 개를 사는데 친구는 한 개만 사는 걸 보고 내가 값을 깎지 않는 이유를 물었다. 그랬더니 단순하지만 감동적인 대답이 돌아왔다.

"그 사람들이 조금이라도 돈을 더 벌었으면 해서 그랬어."

내 입장에서 보면 물건 값을 턱없이 비싸게 부르고 관광객을 속이는 노점상은 나쁜 사람이다. 하지만 내 친구는 형편이 어려운 노점상 입장에서는 그게 돈을 좀 더 벌기 위한 행동이라고 생각했다.

'다른 사람 관점에 서 보기'에 익숙해지면 생각이 조금 더 유연해지고 포용심도 생길 것이다. 나는 이 세상을 좀 더 아름답게 바꾸는 힘은 역지사지(易地思之)에서 나온다고 믿는다.

역지사지는 세상을 더 좋게 만드는 힘이다.
다른 사람 입장에서 생각해 보면
우리 마음이 더 넓고 자비로워진다.
일상의 사소한 일에 따지는 일이 줄어들고
더 감사하며 살게 된다.

물이 끓지 않는 이유

**낭만적인 꿈이 이루어졌다면
그 뒤에는 조금도 낭만적이지 않은 뒷모습이 있다.**

마음속에 세상에 대한 원망으로 가득 찬 젊은이가 있었다. 직장에 다닐 때는 승진을 못 했고 프리랜서가 되어서는 일이 없었다. 자기 사업을 하자 돈을 못 벌었다. 젊은이는 만나는 사람마다 붙잡고 자기는 왜 이렇게 되는 일이 없느냐고 불만을 터뜨렸다.

하루는 기분 전환을 할 겸 산에 갔다가 절에서 우연히 주지를 만났다. 주지와 이 얘기 저 얘기 나누다 젊은이는 자기도 모르게 자기의 고단한 삶을 주지에게 털어놓았다.

주지는 잠시 그의 말을 듣다가 이렇게 제안했다.

"이렇게 서서 이야기를 나누니 힘들지 않나요? 절 안으로 들어가 차나 한 잔 하며 이야기를 계속합시다."

그 말을 듣고 젊은이는 주지를 따라 방으로 들어갔다. 주지가 차 주전자를 꺼내더니 화로에 불을 붙이고 물 끓일 준비를 했다. 물이 막 끓어오르려 할 때 주지가 무슨 생각이 떠오른 듯 말했다.

"참, 절 뒤에 있는 차나무에 꽃이 피었는데 장관입니다. 저랑 같이 보러 가시지요." 젊은이가 고개를 끄덕이며 물었다. "그런데 물이 곧 끓을 텐데 어쩌죠?" "이따 다시 끓이면 되죠." 주지가 이렇게 말하고 화로 불을 껐다.

꽃구경을 다 하고 두 사람이 선방으로 들어왔다. 주지가 화롯불을 다시 지폈다. 주전자에서 연기가 올라오려고 할 때 주지가 또 말했다.

"아, 여기 장경각에 책과 그림이 무척 많습니다. 저랑 같이 구경하고 옵시다." 젊은이가 주저하며 입을 열었다. "하지만 물이 곧 끓을 텐데요." "이따 다시 끓이면 되죠." 주지가 다시 불을 껐다.

두 사람이 다시 선방에 들어오자 주지가 느닷없이 화를 냈다. "무슨 주전자가 이 모양이야? 그렇게 오래 불을 지폈는데 물이 대펴지지도 않다니." 젊은이는 이 말을 듣고 어안이 벙벙했다.

"스님, 불을 붙였다가 바로 꺼버리셨잖습니까? 화롯불이 계속 타지 않으니 물이 끓지 않는 게 당연한 일 아닌가요."

"그래요? 물은 이렇게 끓이는 줄 알았습니다만."

주지가 말했다.

"당연히 안 되죠."

"그런데, 당신이 직업을 대하는 태도도 이와 같지 않습니까?"

젊은이는 순간 주지의 뜻을 알아차리고 매우 부끄러워하며 고맙다고 인사했다.

운이 없다고 불평하는 사람들은 대부분 자기는 더할 나위 없이 훌륭한데 아직 백락을 만나지 못했다고 여긴다. 그게 사실일까?

2008년 내가 직장에 다닐 적 일이다. 어느 날 인터넷 동영상 때문에 온 사무실이 떠들썩해졌다. 그것은 무사사건(霧社事件, 1930년 일본제국의 식민 지배를 받던 대만 원주민 시디그 부족의 항일봉기로, 일본군의 토벌에 의해 700여 명의 원주민들이 학살되거나 자살로 내몰렸던 사건 – 역주)을 주제로 만든 5분짜리 동영상이었는데 장면도 멋진데다 카메라 움직임도 무척 자연스러웠다. 주인공이 대만 원주민 복장을 하지 않았다면 할리우드 영화 예고편인 줄 알았을 것이다. 인터넷에 뜬 정보로는 이 영화가 감독이 자기 돈을 들여 만든 단편영화이며 머지않아 장편

영화를 만들고 싶어 한다고 했다. 동영상을 다 보고 나서 감독 이름은 금방 잊어버렸지만 살다가 문득 무사사건을 영화로 만든 감독이 지금은 어떻게 되었을까 궁금하곤 했다.

그러다 예상치 못한 일이 벌어졌다. 영화감독 명단에 이름도 올리지 못했던 무명 감독이 몇 년이 흐른 뒤 대만 사람이라면 누구나 아는 영화감독 위덕성(魏德聖)이 되었다. 내가 본 단편은 서사대작 〈시디그 발레(賽德克巴萊, SeediqBale)〉(국내에서는 〈워리어스 레인보우〉로 출품. 시디그 발레는 시디그족 언어로 '진짜 남자'라는 뜻 - 역주)의 첫걸음이었다.

사람의 인연이란 참으로 신기하다. 나중에 나는 위덕성과 두 시간 남짓 이야기를 나눌 기회가 생겼다. 내가 예전에 사무실에서 사람들 틈에서 모니터 화면으로 단편영화를 봤다고 얘기했더니 그는 매우 흥미로워했다. 나는 위 감독에게 단편부터 시작해 장편영화를 제작하기까지 거의 10년이 걸렸는데 그 동안 어떻게 지냈는지 물었다.

그는 주위 사람들이 별 생각 없이 던진 말 때문에 많이 힘들었다고 털어놓았다. "끊임 없이 제 자신을 증명해야 했죠. 한 고비 넘으면 또 한 고비, 그런 식이죠."

처음에는 "네가 영화를 찍을 수 있겠어?"라며 다들 믿지 않았단다. 그는 8천만 원을 빌려 단편영화를 만들어 자기 실력을 증명했다. 그러나 그것만으로는 역부족이었다. "국산 영화는 글렀어. 영화 순위에 국산 영화는 없잖아."라고 말하는 사람도 있었다.

그 다음에 20억 원을 벌어들인 〈하이쟈오 7번지〉를 제작했다. 하지만 그것으로도 모자랐다. 사람들이 말했다. "당신은 앞으로 계속 애정영화를 만들겠군요. 서사영화를 만들 수 있겠어요?" 그는 계속 영화를 만들고 싶었다. 〈시디그 발레〉를 제작할 무렵 빚이 40억이었다. 사람들이 수근거렸다.

"위덕성이 미친 거야. 영화를 끝까지 찍지는 못할 거야." 그러나 다들 알다시피 영화는 제작을 마쳤다. 영화가 개봉하던 날, 관객석에서 스크린을 보면서 위덕성은 흐르는 눈물을 참을 수가 없었단다.

이야기를 들으며 나는 진정으로 감동했다. 매체에서는 위덕성을 가리켜 몽상가라고 하지만 나는 그가 몽상가라기보다는 실천하는 사람이라고 확신한다.

우리 사회가 꿈을 너무 강조한 탓에 우리는 자신에게 이렇게 묻는 것을 잊어버린 것은 아닐까.

'꿈을 이루기 위해 내가 얼마나 열심히 노력하는가?'

물건을 사려면 돈이 있어야 하고, 점수를 잘 받으려면 열심히 공부해야 한다. 이건 다들 알면서 천진난만하게도 노력하지 않아도 꿈이 이뤄질 거라고 착각한다.

꿈이 중요한 건 두말할 나위가 없다. 사람은 꿈이 있어야 인생의 목표가 생긴다. 하지만 낭만으로 가득 찬 꿈을 이루려면 고개를 숙인 채 이를 악물고 낭만과는 거리가 먼 현실을 견뎌 내야 한다.

꿈은 더할 나위 없이 소중하다.
하지만 꿈만 있고 행동하지 않으면
영원히 꿈으로 남을 뿐이다.
꿈이 이루어지길 바란다면 꿈을 이루는 과정을
의연히 받아들여야 한다.
그 안에 있는 괴로움과 시달림까지도.

먼저 자기 마음속
등불을 밝혀라

자기 마음의 등불에 불을 밝혀라.
가장 먼저 비춰야 할 것은 자신임을 알게 될 것이다.

어둠 속에서 작고 가느다란 소리가 들려왔다.

"여기는 너무 춥고 캄캄해서 무섭고 외로워요. 저를 좀 구해 주세요."

아주 희미한 소리였지만 하느님이 그 소리를 들었다. 하느님이 천당에서 내려와 어둠 속에서 도와 달라는 자에게 말했다.

"애야, 추위와 어두움에서 벗어나고 싶으면 내 말대로 해라." 그리고 나서 하느님은 몇 마디를 더 했다. 갑자기 빛이 어둠을 가르더니 주황색 불빛이 찬 기운을 몰아내 순식간에 밝고 따뜻해졌다. 알고 보니 구해 달라고 소리친 주인공은 조그

마한 등잔이었다. 작은 등잔은 눈을 동그랗게 뜨고 주위를 둘러봤다. 그제야 자기가 혼자가 아님을 알았다. 주전자와 찻잔, 솥, 그릇, 표주박, 대야가 등잔 옆에 놓여 있었다.

하느님이 등잔에게 뭐라고 했을까?

하느님은 이렇게 말했다. "애야, 네가 따뜻해지고 싶다면 먼저 너에게 불을 붙여야 하느니라."

대만의 달리기 일인자인 구숙용이라는 사람이 있다. 구숙용은 직장 생활을 하다가 35세에 우연히 운동에 천부적인 재능이 있음을 알았다. 오랫동안 훈련을 한 뒤에 그는 마라톤 대회에 나가 연달아 기록을 갈아 치우며 우승했다. 뛰다 보니 자기랑 생각이 같은 친구들을 사귀게 되었고 대회에 출전하면서 세계 방방곡곡을 다니는 꿈을 이루었다. 참으로 대단한 일이었다.

하지만 2008년 프랑스 대회 때 발바닥에 물집이 생겼다. 조그마한 물집이 패혈증이 되리라고는 상상도 못했기 때문에 별로 개의치 않았다. 병원에서 정신을 차리고 나서야 자기의 오른발을 절단했고 왼발도 1/3을 잘라 냈다는 것을 알았다. 그는 열흘 넘게 의식 불명이었으며 의사가 치료 불능이라고 두 번이나 선고했다. 대만에서 프랑스로 날아간 구숙용의 딸은 영영 이별할 거라는 생각에 수의를 준비해 갔다.

두 발을 잃는다는 것은 마라톤 선수에게는 무척 끔찍한 일이다. 하지만 사람들이 구숙용이 운동을 접었다고 생각했을 때 영화롭게 돌아왔다. 두 발로 뛸 수는 없지만 의족으로 자전거를 탔고 대만 장애인 체육회 대변인까지 했다.

내가 구숙용을 인터뷰 했을 때 그는 농담으로 장애인이 되니 장점이 적지 않다고 했다. 정부에서 보조금도 받고 집에서 집안일을 안 하고 놀아도 된다며 낙관적인 태도로 말하는 걸 듣고 절로 존경하는 마음이 들었다.

나는 구숙용에게 그의 마음을 움직인 동기가 무엇이냐고 물었다. 그가 잠시 생각하다 말을 꺼냈다. "제가 울면 식구들도 다 울더군요. 제가 웃으면 남편과 아들, 딸이 같이 웃어요. 그러니 제가 웃을 수밖에요."

달리기 일인자는 이 점 한 가지는 분명하게 알고 있었다. 번뇌는 원래 몸의 불편함이 아니라 마음에 달려 있음을.

사람의 마음은 참으로 신기하다. 똑같이 돈이 많더라도 마음이 즐거운 사람이 있는가 하면 우울한 사람도 있다. 똑같이 가난하더라도 낙관적인 사람이 있고 비관적인 사람도 있다. 외모가 아름답더라도 만족하는 사람이 있고 끊임없이 욕심을 부리는 사람도 있다. 못생긴 사람이라도 자신감 있는 사람과 열등감에 시달리는 사람이 있다.

우리가 어떤 사람인지는 외부 조건에 달려 있지 않다. 모든 것은 어떻게 마음을 먹느냐에 달렸다.

자기 마음속에 있는 등불을 밝혀 보아라. 그러면 가장 큰 수혜자가 당신 자신임을 깨달을 것이다. 불을 켜면 나뿐 아니라 다른 사람도 빛을 받아 밝아진다. 그렇게 하면 이 세상이 우리가 생각했던 것만큼 캄캄하지 않으며 그 전에는 보지 못했던 아름다움을 보게 된다.

우리가 어떤 사람이 될지는
외부 조건에 따라 정해지지 않는다.
뭔가 부족하다고 느끼면 우리 삶도 영향을 받는다.
마음속 촛불을 태워라.
빛의 혜택을 보는 사람은 남이 아니라
바로 자기 자신이다.

괴로움을
줄이는 비결

너희가 여기 내 형제 중에 지극히 작은 자 하나에게 한 것이
곧 내게 한 것이니라. 〈성경〉

한 남자가 사무실에서 아래 사람의 모함으로 체면이 깎여서
기분이 몹시 나빴다. 퇴근길에 씩씩거리며 길을 걷는데 노인
한 사람이 가까이 오더니 주머니에서 뭔가를 꺼냈다. 남자가
발걸음을 재촉하며 한 눈으로 힐끗 보니 어린 남자아이 사진
이었다. 노인이 남자와 발걸음을 맞추면서 사진을 가리켰다.
"마음 착한 선생님, 희귀 소아암에 걸린 제 손자 녀석입니다."
남자는 노인의 말에 아랑곳하지 않고 더 빠르게 걸으면서 말
했다. "저리 가세요, 저는 돈 없어요."
　그러나 노인은 단념하지 않고 계속 쫓아오며 간절하게 말

했다. "선생님, 제 말을 오해하셨군요. 돈을 달라는 게 아닙니다. 저는 기도의 힘을 믿습니다. 그래서 손자 사진을 갖고 다니며 길에서 만나는 사람들에게 기도를 부탁하고 있습니다. 저도 선생님을 위해 기도하겠습니다."

남자가 걸음을 딱 멈췄다. 그의 가슴 속에 부끄러운 마음이 용솟음쳤다. "네, 알겠습니다. 어르신 손자를 위해 기도하겠습니다." 노인이 감동해서 웃었다. "감사합니다. 마음씨 착한 선생님." 노인은 다른 사람을 찾아 기도를 부탁하려고 자리를 떴다.

집에 돌아와서 남자는 약속대로 침대 옆에 무릎을 꿇고 모르는 남자아이를 위해 기도했다. 신기하게도 기도를 마친 후 그의 마음이 한결 부드러워졌다. 오늘 회사에서 당한 일은 이제 아무것도 아니었다.

전에 인터넷 서점에서 그럴싸해 보이는 소설 전집을 주문했다. 책을 받아 보고 나서 책을 잘못 샀다는 것을 알았다. 보고 싶지 않을 정도는 아니지만 내용의 깊이가 너무 얕았다. 구성도 간단한 것이 성인보다는 어린이나 청소년을 대상으로 쓴 책이었다. 그래도 며칠 밤 동안 열 권을 다 읽었다. 읽으면서도 결코 싸지 않은 책값을 생각하면 울화가 나지 않을 수 없었다.

그러다 책을 다 읽을 무렵 우연히 어느 단체에서 '시골학교에 책 보내기 운동'을 벌인다는 소식을 들었다. '잘 됐다. 이 책은 나에게는 맞지 않지만 어린이들은 좋아할 거야. 전집을 그리로 보내야겠다.' 얼마 지나지 않아 그 단체에서 내게 편지를 보내왔다. 내가 보낸 책을 받은 초등학생들이 무척 좋아한다며 고가의 전집을 기부해줘서 고맙다고 적혀 있었다.

나는 마음이 매우 흡족했다. 그 후로는 '책을 잘못 샀다'라는 생각이 '잘못 사기를 잘했다'로 바뀌었다. 내가 저지른 실수가 아이들에게 즐거움을 안겨 주었으니 말이다.

살면서 이런 순간이 많지 않을까? 남을 위해 무언가 할수록 골치 아픈 일이 줄어들고 즐거움은 늘어난다. 원래는 우울했던 하루가 완전히 달라져 신나는 하루가 되기도 한다.

기자 생활을 할 때 봉사활동 분야를 맡은 적이 있었다. 여러 영역에서 자원봉사에 투신한 사람들을 취재하는 일이었다. 어떤 이는 취약 아동, 어떤 이는 장애인 복지, 어떤 이는 학대당한 부녀자를 위해 일을 하고 있었다. 그들이 하는 일은 각각 다르지만 약속이나 한 듯 똑같이 말했다. "저는 봉사한다고 생각하지 않습니다. 이런 일을 할 수 있게 해 준 그들에게 고마울 뿐입니다. 그들이 제게 준 것에 비하면 이건 아무것도 아닙니다."

나 역시 그들의 모습에서 같은 느낌을 받았다. 그들의 표정에서 대가를 바라지 않는 기쁨이 넘쳐났다. 그 사람들 역시 이 세상을 살면서 목표를 어디에 둘 것인지 고민을 했을 것이다. 그들은 인생의 가치관이 더할 나위 없이 확실하다. 바로 내가 노력해서 남들이 행복하니 좋다는 것이다.

나는 '너희가 여기 내 형제 중에 지극히 작은 자 하나에게 한 것이 곧 내게 한 것이니라'라는 성경 구절을 좋아한다. 나 역시 신이 착한 일을 한 사람에게 반드시 상을 줄 것임을 믿어 의심치 않는다. 그 상이란 다름 아니라 본인의 인생이 충실해 지고 마음의 평화를 얻는 것이다.

인간과 짐승이 가장 다른 점은
적자생존의 법칙에 따르지 않고
우리보다 약한 사람을 도울 줄 안다는 것이다.
우리는 다른 사람을 위해 많이 일할수록
자기의 시름이 줄어든다는 것을 어렵잖게 발견한다.

선인장의 사랑

선인장이 아무리 생명력이 강해도 물은 줘야 한다.
관계가 아무리 견고해도 아낌없이 베풀어야 한다.

어느 연인의 이야기다. 그들이 만난 지 얼마 안 되었을 때 여자가 남자에게 작은 선인장을 선물했다.

여자가 남자에게 말했다. "선인장을 컴퓨터 옆에 놓으면 전자파를 막아 준대요. 당신이 바빠서 식물을 돌볼 겨를이 없다는 거 알아요. 선인장은 손이 많이 가지 않아요. 선인장을 볼 때마다 저를 생각해 주길 바라요."

남자는 여자의 세심함에 감동해 교제를 시작했다.

시간이 흐르면서 남자는 여자가 선인장과 상당히 비슷하다고 느꼈다. 남자가 시간을 내서 돌봐 주지 않아도 여자는 혼자서 뭐든 잘했다. 남자가 바쁠 때 한 번도 불평하지 않고 묵묵히 남자 곁을 지키는 성숙함도 있었다.

그렇게 몇 년이 흘렀다. 남자는 여자의 감정에 틈이 생겼다는 것을 전혀 눈치채지 못했다. 어느 날 여자가 말했다.

"우리 헤어져요. 당신에게 필요한 건 일이지, 내가 아니에요."

남자는 말로는 여자를 설득할 수 없다는 걸 알고 난감해했다. 그날 불현듯 몇 년 전 여자가 선물한 선인장이 생각났다. 남자는 이미 오래전에 선인장을 잊어버렸다. 책상 위 서류뭉치를 정리하다 작은 화분을 찾아낸 남자는 멍해졌다. 선인장은 이미 죽은 지 오래되어 말라 비틀어져 있었다. 그때 그는 뭔가 깨달았다. 아무리 생명력이 강한 선인장이라도 물은 줘야 하는구나!

내 친구는 학교 다닐 때부터 교제를 시작해서 남자 친구와 장장 10년 동안 사귀었다. 남자 친구는 전형적인 '착한 남자'로 여자 친구와 다툰 적이 거의 없었다. 그러나 여자는 날이 갈수록 제멋대로 굴었고 친구들이 다 모인 자리에서 아들을 혼내듯 남자 친구에게 호통을 치는 일이 많았다. 그래도 남자는 얼굴 한 번 찡그리지 않고 싫다는 소리도 하지 않았다. 주변 사람들 모두 남자가 성격이 좋다고 칭찬하며 그렇게 오래 만났으니 두 사람은 결혼만 남았다고 입을 모아 말했다.

그런데 어느 날 두 사람이 헤어졌다는 소식이 들려왔다. 여자가 늘 그랬듯이 남자 친구 앞에서 예의 없이 굴었다. 그런데 이번에는 남자 쪽에서 여자를 달래기는커녕 헤어지자고 했단다. 게다가 "헤어지자"는 말을 하고 나서는 뒤도 돌아보지 않고 떠나버렸다. 여자는 불같이 화가 나서 누구를 만나든 전 남자 친구가 나쁘다고 욕을 했다. 그리고 자기가 그 남자랑 사귀느라 청춘을 낭비했다는 소리까지 덧붙였다.

그들은 대관절 누구 때문에 헤어졌을까? 여자는 연애하면서 아무 교훈도 얻지 못했기 때문에 여자가 청춘을 낭비했다고 말한 것은 아닐까?

내가 보기에 여자는 교제 시작부터 끝까지 아무런 깨달음도 얻지 못했을 것 같다. 이 세상에 무조건 당신을 감싸줄 사람은 없다. 마찬가지로 어느 누구도 당신을 사랑할 의무가 없다. 여기에는 친구, 애인, 배우자, 심지어 부모도 포함된다. 타인이 당신을 포용하고 사랑한다면 그것은 그 사람의 호의일 뿐 끝까지 우리의 요구사항을 받아들이겠다는 뜻은 아니다. 만약 친구의 생각이 여기까지 미치지 못했다면 그녀가 다시 연애를 하더라도 결과는 똑같을 것이다. 연애할 때 그녀는 받을 줄만 알았지 한 번도 줘 본 적이 없기 때문이다.

선인장은 사막 한 가운데 우뚝 서 있다. 선인장은 줄기에 물을 저장할 수 있어서 가물어도 오랫동안 버틸 수 있다. 그렇다고 물이 전혀 필요 없다는 말은 아니다. 오랫동안 물을 흡수하지 못하면 수분을 모두 써 버려서 선인장도 다른 식물처럼 말라 죽고 만다.

사람과 사람 사이도 이와 같지 않을까?

어느 누구도 당신에게 잘 해줘야 할 의무는 없다.

아무 조건 없이 당신에게 주기만 하거나

어떤 보답도 바라지 않는 사람 역시 없다.

사람을 사랑하려면 공평해야 한다.

감정이 아무리 견고하더라도 세심하게 보살펴 줘야 한다.

성공의 정의를 내릴 수 있는 사람은
자신뿐이다

**미래의 성공을 꿈꾸는 것보다
현재를 충실하게 다질 때 성공이 따라온다.**

어떤 농부가 시장에 나가 팔려고 방금 수확한 양파 두 자루를 지고 길을 나섰다. 그런데 중간에 길을 잃어서 가면 갈수록 목적지와 멀어졌다. 결국 난생 처음 보는 마을로 들어서고 말았다. 마을 사람들은 생전 처음 보는 양파를 보고 모두 신기해했다. 그리고 맛이 훌륭하다며 뜻밖에도 황금 두 자루를 주며 양파와 바꾸자고 했다. 농부는 양파와 황금을 맞바꾸는 건 너무 과하다고 생각했다.

"아닙니다. 양파는 아주 싼 물건인데 어찌 이렇게 많은 황금과 바꾸겠습니까?" 농부는 손사래를 쳤다.

하지만 마을 사람들은 농부에게 황금을 꼭 받아달라고 했다. "여기는 황금만 많이 날 뿐 아무것도 나지 않습니다. 그래서 황금은 별 가치가 없어요. 마음 편히 가져가십시오."

가난한 농부가 황금을 갖고 집으로 갔다. 농부는 별안간 그 마을 최고 부자가 되었다. 가난한 농부가 갔던 신기한 마을 이야기는 온 사방에 퍼졌다.

소문을 들은 사람 중에 한 남자가 너무 부러운 나머지 똑같이 따라해 보기로 했다. 그는 대파 두 자루를 짊어지고 그 마을로 갔다. 대파 맛을 본 마을 사람들이 양파보다 대파가 더 맛있다고 입을 모아 말했다. 그들은 사내에게 대파를 사겠다고 했다. 이 말을 듣고 남자는 내심 기뻤으나 짐짓 너스레를 떨었다.

"에이, 대파는 별로 값나가는 물건도 아니니 제가 싸게 드리죠. 황금 두 자루면 충분합니다."

"그럴 수는 없습니다." 마을 사람들이 화들짝 놀라서 외쳤다. "이렇게 맛 좋은 대파를 어찌 황금 두 자루와 바꾸겠습니까. 말도 안 됩니다! 더 귀한 것과 바꿔야지요."

남자는 쾌재를 불렀다. 남자는 기쁨에 겨워 마을 사람들이 건넨 속이 꽉 찬 자루를 지고 돌아왔다. 마을로 돌아와 열어보니 자루에는 양파가 한 가득 들어 있었다.

만화 원본을 그리는 친구가 몇 해 전 플래시 애니메이션 분야로 직업을 바꾸기로 마음먹고 외국에 나가 연수를 하고 전문기술을 배워왔다. 대만으로 돌아왔을 때 마침 온라인 게임 전성기라 돈을 적잖이 벌었다.

그가 벼락출세를 한 걸 본 다른 친구가 플래시 애니메이션에 투신했다. 그러나 결말은 전혀 달랐다. 그는 애니메이션 업계 일인자가 되지 못했고 몇 해 동안 급여가 낮은 말단 직원 생활만 했다. 오랫동안 암담하게 살던 그는 결국 다시 직업을 바꿨다.

사람들은 흔히 노력하면 성공한다고 말한다. 이렇게 말하는 사람은 '성공'이라는 두 글자를 너무 쉽게 본 것이다. 성공하고 싶으면 분명 노력을 해야 하지만 노력이 성공의 보증서는 아니다.

성공하기 위한 요소는 사람이 통제할 수 있는 것과 통제할 수 없는 것 두 가지가 있다. 전자는 전문기술의 숙련도, 자기 직업에 대한 열정이다. 후자는 주변 환경, 유행, 경제 상황 등 범위가 매우 넓다. 거기다 운과 귀인(貴人)도 빼놓을 수 없다.

다시 말하면 성공은 복제가 불가능하며 똑같은 게 하나도 없다. 이름이 알려지지 않은 신출내기 감독이 두 사람 있다. 한 사람은 투자자를 찾지 못했다는 이유로 출세하기 글렀다고 여긴다. 하지만 다른 사람은 자기가 좋아하는 일을 하고 있으니 성공했다고 여긴다. 같은 직장인이라도 어떤 사람은 승진 기회가 없으니 직장에서 성공은 물 건너갔다고 여기지만 어떤 사람은 이 정도로 행복하게 사니 성공했다고 본다.

남을 모방하면 안 된다. 다른 사람은 이 세상에 '유일무이' 한 존재다. 남이 유일무이한 것처럼 당신 자신도 '유일무이'하다는 것을 잊지 말자.

앞뒤 안 가리고 시류를 따라 흔들리지 말자. 소위 성공을 좇기만 하는데 '성공'이라는 것은 대체 무엇인가? 성공의 정의를 내릴 사람은 당신 자신밖에 없다.

성공은 수학 문제가 아니다.
대입할 공식도 없고 표준 정답도 없다.
내일의 성공에 대한 환상을 품는 데 시간을 허비하지 말고
오늘의 성공을 만드는 데 신경 쓰자.
그러면 하루가 즐겁고 충실해지면서
성공도 부지불식 중에 당신을 찾아올 것이다.

먼저
자기가 되는 법을
배워라

내가 아니라 다른 사람이 되고 싶어 하기 때문에
인생이 즐겁지 않다.

유명한 잡지 발행인이 인생을 한 번 더 살 수 있다면 무슨 일을 하고 싶은지를 주제로 원고 모집 광고를 냈다. 이 글을 보고 잡지사에는 셀 수 없이 많은 원고가 들어왔다.

어느 기업 사장은 다시 산다면 작은 잡화점을 하면서 식구들과 시간을 더 보내고 싶다고 했다. 가정주부는 반드시 대학 공부를 마치고 사회생활을 하고 싶다고 썼다. 직장인은 두 번째 인생에서는 작가의 꿈을 꼭 이루겠노라고 했다.

그런데 원고 모집 광고를 잡지에 올린 이유는 따로 있었다. 단순히 글을 받으려는 게 아니라 사람들의 실제 사는 모습과 이상적인 인생 사이에 어떤 차이가 있는지 알아보는 심리학 실험이 목적이었다. 실험을 토대로 심리분석가가 세 가지 결론을 내렸다.

첫째, 사람들이 현실의 삶에 대한 만족도는 대체로 낮은 반면 이상적인 인생에 대한 환상이 컸다.

둘째, 이른바 '이상'은 과반수가 실현가능한 것이었다. 하지만 현실을 포기하고 용감하게 자기의 이상을 좇겠다는 사람은 매우 적었다.

셋째이자 가장 중요한 결론은 사람이 기쁘게 살지 못하는 까닭은 다들 '다른 사람'이 되고 싶어 할 뿐 '나 자신'이 되고 싶어 하지 않기 때문이다!

매번 강의를 갈 때마다 이런 말을 자주 듣는다. "아, 부럽습니다. 전에 기자였을 때는 내로라하는 사람들을 만나고 해외 출장도 잦았을 테죠. 지금은 당신이 좋아하는 글 쓰는 일로 돈을 벌죠, 출근도 안 하죠."

내가 좋은 기회를 많이 만난 것도, 생활에 만족하는 것도 모두 사실이다. 하지만 작가라는 직업이 마냥 좋은 것만은 아니다.

유명인과 종종 인터뷰를 하는 건 맞다. 그러나 인터뷰를 하다가 화가 나거나 부당한 대우를 받더라도 드러내지 못하고 꾹 참는 경우도 많다. 해외 출장은 좋지만 말라리아 위험 지역

이나 정치적으로 불안한 나라, 치안 상황이 나쁘거나 수시로 내전이 일어나는 지역을 갈 때는 마음이 조마조마했다. 사무실로 출근을 하지 않아도 업무 스트레스는 똑같다. 오히려 나를 더욱 독촉하고 시간 분배도 해야 한다. 원고 마감일이 되면 밤을 꼬박 세고 아침을 맞는 일이 허다하다. 그것 말고도 자유기고가는 수입이 일정하지 않고 고용보험도 없으며 분기별 상여금은 물론 퇴직금도 없다.

'뭘 해도 성에 차지 않는다.'라고들 한다. 상상만 했을 때는 낭만으로 가득 찬 직업이 실제는 위험한 일도 있다. 늘 카페 주인을 동경하는 사진 기자 친구가 있었다. 결국 언론사를 그만두고 가진 돈을 모두 털어 시내에 작은 카페를 열었다. 카페에 가서 보니 내부 장식도 훌륭하고 커피와 디저트도 흠잡을 데가 없어서 친구에게 칭찬을 했다. 꿈을 현실로 이룬 친구를 보니 나도 덩달아 기뻤다.

그러나 몇 달 지나지 않아 카페가 문을 닫았다는 소문이 들렸다. 나중에 그 친구가 이렇게 말했다. "내가 직접 해 보니 생각했던 거랑 영 다르더라고. 향 좋은 커피를 내리고 손님과 좋은 관계를 맺으면 되는 재밌는 일인 줄 알았는데 물건 고르기, 구매, 회계 업무 같은 재미없는 일까지 해야 한다고는 꿈에도 생각지 못했어. 상품만 좋으면 손님은 당연히 붐빌 줄 알았거든. 그런데 주위 프랜차이즈 커피 전문점과 경쟁해야지, 월세, 관리비, 인건비 내느라 허리가 휘어지겠더라고."

카페를 정리하고 그는 다시 언론사 사진 기자로 들어갔다. 그가 나에게 진지하게 말했다. "사실 사진 기자도 괜찮은 직업인데 전에 무슨 불만이 그리도 많았는지 모르겠어."

이 예화는 꿈을 포기하라는 게 아니다. 이상을 좇기 전에 그 속에 들어 있는 달콤한 꿈과 악몽 모두를 감당할 수 있는지 헤아려 봐야 한다는 의미다. 남의 인생을 부러워하기 전에 자기 인생을 좋아하는 게 순서 아닐까?

'다른 사람들은 일상생활, 직업, 가정, 배우자 모두
나보다 나을 거야.' 이런 생각을 계속하다 보면
우리는 남을 부러워하다 못해 심지어 질투까지 하게 된다.
실상 이런 생각은 다 환상일 따름이다.
남이 나보다 꼭 나으리는 법은 없다.
'남'이 되고 싶어 하기에 앞서
먼저 '내'가 되는 법을 배우자.

먹이는
둥지 밖에 있다

**성공의 보물 상자를 여는 열쇠는 하늘이 주지 않는다.
내가 노력해서 열어야 한다.**

아기 새 한 마리가 매일 먹이를 찾느라 많은 시간을 보내는 게 싫증이 났다. 어느 날 아기 새는 나이 많은 새가 하는 말을 우연히 들었다.

"하느님은 인자한 분이시라 모든 생명에게 먹을 것을 주신단다."

"네? 그렇다면 우리 같은 새들도 예외는 아니겠네요?"

아기 새가 늙은 새의 말을 급하게 자르며 말했다. 늙은 새가 기분이 좀 나빠졌다. "그야 당연하지. 하느님은 살아 있는 모든 것을 돌보시고 우리 새들도 거기 포함되지."

아기 새는 그 말을 듣고 뛸 듯이 기뻐하며 둥지로 돌아가서 그날 하루 종일 꼼짝 않고 집에 있었다.

다른 새들이 그 모습을 보고 이상해 하며 물었다.

"너 왜 그러니? 어디 아프니? 먹이 찾으러 나가야지."

"뭐? 내가 아프냐고? 난 아주 멀쩡하다고!" 아기 새가 눈동자를 반짝이며 말했다. "나는 하느님께서 내려 주실 먹을 것을 기다리는 거야." 다른 새들이 할 말을 잃고 쳐다보다가 날개를 퍼덕이며 날아갔다.

이틀이 지나고 사흘이 지나도 아기 새는 둥지를 떠나지 않았다. 친구들이 와서 아기 새를 설득했다. "그렇게 둥지에만 앉아 있지 말고 어서 나가서 먹을 것을 찾아."

하지만 아기 새는 꼼짝하지 않았다. "아니야, 난 하느님이 주시는 먹이를 기다릴 거야." 아기 새는 자기에게 간섭하지 말라고 했다.

하루, 이틀, 날이 갈수록 아기 새는 점점 홀쭉해지더니 마침내 둥지에서 굶어 죽고 말았다. 아기 새가 하늘나라에 가서 하느님을 만났다. 아기 새는 불만에 차서 따졌다.

"하느님은 모든 새들에게 먹을 것을 내려 준다고 하셨잖아요. 그런데 어째서 저를 생으로 굶어 죽게 내버려 두셨어요?"

하느님이 동정의 눈길로 아기 새를 바라보며 대답했다.

"아가야, 나는 분명 새 한 마리 한 마리마다 먹을 것을 줬단다. 단지 둥지에 넣어 놓지 않았을 뿐이다.”

엄마가 되니 '천성'과 '천부'같은 것이 더욱 신기하게 느껴진다. 과학으로 아직 밝혀내지 못했지만 천성이나 타고난 재주가 있다는 건 의심할 여지가 없다.

아이를 키우는 친구들과 이야기하다 보면 아이들 하나하나마다 차이가 꽤 크다는 걸 알게 된다. 활발한 아이가 있으면 내성적인 아이도 있다. 섬세한 아이가 있으면 대범한 아이도 있다. 어려서부터 말재주가 좋은 아이가 있고 운동신경이 뛰어난 아이도 있다.

그렇다면 당신은 자신의 천성이나 재주가 무엇인지 생각해 본 적이 있는가? 태어나면서 타고난 특징은 좋고 나쁨도 옳고 그름도 없다. 우리가 그것을 제대로 발휘하는지만 보면 된다.

내가 아는 예술대학 교수이자 저명한 도예가가 요새 아이들은 천부적인 재능에만 너무 많이 의존한다고 한마디 했다. 학교에서 적잖이 '천재형' 학생을 보는데 그런 학생들은 워낙 미적 감각이 뛰어나 전문가도 깜짝 놀란다고 했다. 하지만 학생들 다수가 자기 재능만 믿고 기본기 연습을 매우 싫어한단다. 간단한 소묘 정도는 창의성을 발휘하려 하지 않고 그림 그리기조차 싫어한다. 꼭 내야 하는 과제도 재미가 없다며 시간을 끌기 일쑤다. 도예가가 오랜 기간 지켜보니 이런 천재형 학생이 졸업 후 자기 자리를 찾는 경우는 손에 꼽을 정도라고 안타까워했다. 하지만 타고난 천재성은 없어도 노력하는 학생은 어디서나 두각을 나타내곤 한다.

그가 세계적인 화가 피카소를 예로 들었다. 사람들이 피카소의 작품을 보면 자기도 모르게 "이게 뭐야? 아이들도 이 정도는 그리겠다!"라는 말을 하곤 한다. 그런데 피카소의 초기 작품을 본 사람은 그리 많지 않을 것이다. 초기작은 기교가 매우 뛰어나며 소묘와 수채화 모두 지극히 사물에 가깝게 그려냈다. 피카소는 일단 회화의 기본을 익히고 나서 비로소 자유롭게 그림을 그리기 시작했다. 기본기는 필요 없고 창의성만 표현하고자 하는 학생들은 '걷기도 전에 뛰려 한다'는 속담을 증명하는 거나 마찬가지다. 이렇게 하면 십중팔구 넘어진다.

천부적인 재능은 감춰져 있는 보물지도와 같다. 지도가 있으면 당신은 보물이 있는 곳으로 쉽게 갈 수 있다. 하지만 보물 상자를 여는 열쇠는 하늘이 주지 않는다. 내가 노력해서 얻어야 한다.

하느님이 사람에게 각각 다른 재능을 주셨다.
그러나 하느님이 사람들이 자기의 재능을
발휘하는 것까지 도와주지는 않는다.
자신의 노력이 뒷받침될 때라야
인생의 가장 아름답고 충실한 곡을 쓸 수 있다.

Part II

잠시,

문턱에서
머뭇거리다

실연 후에
사랑하는 법을 알았다

뜻대로 되지 않아 넘어져 본 사람만이
다시 넘어지지 않는 비결을 알게 된다.

한 여자가 길에 앉아 하염없이 울고 있었다. 지혜로운 사람이
마침 그 길을 지나가다 물었다.

"아가씨, 무슨 일로 웁니까?"

"실연당했어요." 여자가 울면서 말했다.

"아직도 그 사람을 사랑합니까?" 지혜로운 사람이 물었다.

"사랑해요."

"그럼 그 사람은 당신을 사랑하나요?"

"전에는 저를 사랑했지만 지금은 저를 사랑하지 않아요."
여자는 슬픔이 복받쳐 목이 메었다.

지혜로운 사람이 물었다. "그렇다면 당신은 왜 울지요? 당신 입장에서는 당신을 사랑하지 않는 사람이 하나 없어졌을 뿐이잖아요. 하지만 상대방은 자기를 사랑하는 사람이 줄어들었으니 슬퍼해야 할 사람은 마땅히 그 사람이지 당신이 아닙니다."

이런 이야기도 있다. 어떤 남자가 여자 친구에게 배신을 당하고 돈까지 잃었다. 그는 몹시 화가 나서 선사를 찾아가 불평했다.

"스승님 저는 정말 마음이 참담합니다. 어떻게 하면 좋을까요?" 뜻밖에도 선사는 껄껄 웃으며 답했다.

"그럼 가서 그 여자를 죽이시오!"

남자가 화들짝 놀랐다. "뭐라고요? 스승님, 어떻게 저더러 사람을 죽이라고 하십니까?"

"아니, 죽이고 싶었던 게 아니었나? 그렇다면 가서 세게 한 대 때리게." 선사가 말했다.

남자는 어안이 벙벙해지며 혹시 이 선사가 정신이 이상한 게 아닌지 의심스러웠다. 어쩌자고 자기한테 사람으로서 못할 짓만 하라고 시키는 걸까?

그때 선사가 웃음을 거두고 말했다.

"감정을 잃어버렸을 때는 무슨 짓을 해도 아무 쓸모가 없다오. 당신이 할 수 있는 일은 그저 '내려놓기'밖에 없소."

'견딜 수 없다'라는 느낌은 여러 가지 감정 중에 가장 쓸모없는 정서이다. 자주 실연하는 사람은 이렇게들 말한다. "내가 얼마나 정을 많이 줬는데, 정말 견딜 수 없어." 여기서 '정을 줬다'라는 말은 '돈을 줬다, 시간을 줬다, 청춘을 줬다'라는 의미일 것이다.

하지만 당신이 견딜 수 없다고 한들 달라지는 게 있을까? 견딜 수 없다는 감정에 빠져 있다고 해도 당신이 잃어버린 것들은 돌아오지 않는다.

사랑이 깨졌다. 아무 것도 할 수 없을 것처럼 보인다. 하지만 매우 중요한 일을 할 수 있다. 지나간 사랑이 경험이자 배움의 계기가 되기 때문이다. 일이나 예술과 마찬가지로 연애도 날 때부터 할 줄 아는 사람은 매우 드물다. 연습을 해야 발전할 수 있다.

우리가 지나간 실연의 늪에서 헤어나지 않겠다고 고집을 부리면 진정으로 나와 어울리는 사람을 만나도 그를 알아보지 못할 것이다. 우리가 사랑이 실패했다는 걸 솔직하게 인정하고 자신의 실수를 바로잡지 않으면 다음에 사랑이 찾아오더라도 똑같은 지점에서 다시 넘어질 수 있다.

실연하면 무척 괴롭다.

못 견디겠다는 감정은 우리를 성장하지 못하게 하고

점점 더 깊은 함정으로 빠지게 한다.

그러다 보면 상대방을 보내 주기 힘들어지고

자기 자신도 내려놓을 수 없다.

실패에서 배우는
교훈

**실패에서 제대로 된 교훈을 배우지 않으면
실패는 아무런 가치가 없다.**

사업을 하는 남자가 기회를 잘 타서 벼락부자가 되었다. 돈이 많아진 부자는 곳곳에서 바람을 피우고 다녔다. 그러면서 아내의 눈과 귀를 틀어막아 전혀 눈치채지 못하게 했다. 한 번은 화류계 여자와 정분이 났는데 화류계 여자는 시도 때도 없이 돈을 달라고 했다. 남자가 더 이상 참지 못하고 헤어지자고 했다. 그러자 그 여자는 남자를 협박했고 돈을 주지 않으면 그동안 남자가 보낸 편지를 남자의 아내에게 다 보여 주겠다고 큰소리를 쳤다.

남자는 매우 당황해서 탐정 일을 하는 친구에게 도움을 청했다. 탐정이 생각을 거듭하다 묘안을 짜냈다. 탐정 친구는 남자에게 시간을 계속 끌면서 절대 돈을 주지 말라고 일렀다.

마침내 화류계 여자가 남자의 집을 찾아가 아내 앞에 연애편지를 펼쳐 놓았다. 그런데 아내는 편지를 보고 눈 하나 깜짝하지 않고 큰소리를 내며 웃음을 터뜨렸다.

"우리 집 영감이 이렇다니까. 제 나이가 몇인 줄도 모르고 연애를 하고 다니네. 영감이 자기 불쌍하단 말을 하지 않던가요?" 이렇게 말하더니 아내는 편지를 몽땅 난로에 던지고 불을 붙여 버렸다. 화류계 여자는 가정을 파탄 내려던 목적을 이루지 못하고 씩씩거리며 돌아갔다.

사실 그 일은 남자와 탐정 친구의 치밀한 각본 하에 연출된 것이었다. 아내는 당연히 남자의 진짜 아내가 아니라 전문 연기자였다. 아내는 남자가 어르고 달래서 일찌감치 해외여행을 보낸 터였다.

일을 완벽하게 마무리 짓고 남자와 탐정은 안도의 한숨을 내쉬었다. 탐정이 이 자리를 빌려 남자에게 충고했다.

"이번에는 운이 좋아 원만히 해결한 줄 알게. 자네 뭐 깨달은 것 없나?"

"있고말고. 아주 중요한 가르침을 얻었네." 남자가 고개를 끄덕였다. "다음에 바람을 피울 때는 절대 연애편지 따위는 쓰지 않고 말로만 하겠네. 아주 중요한 교훈이야."

'중심을 잘못 그리다'는 말이 있다. 일이 눈앞에 펼쳐져 있는데 그걸 본 사람이 당최 파악을 못한다는 뜻이다. 우리가 공부를 하면서 요점파악을 잘 못한 것과 마찬가지다. 나는 이 말이 뜻하는 바를 매우 잘 전달한다고 본다.

위의 이야기에 나오는 남자가 좋은 예다. 곤란한 일을 겪고 나서 '이제는 결혼 생활에 충실해야겠다'고 깨닫기는커녕 '다음에 바람피울 때는 증거를 남기지 말아야겠다'는 교훈을 얻었다니 참으로 기가 찰 노릇이다.

그가 이번에는 운 좋게 넘어갔지만 계속 이런 식으로 한다면 행운의 여신이 그 친구를 영원히 보호하지 않을 것은 불 보듯 뻔하다. 머지않아 그는 자기가 한 일의 대가를 치를 것이다.

현실 생활에서 중심을 못 찾는 사람은 적지 않다. 어떤 남자는 여자 친구에게 속아 저축한 돈을 다 날리고 여자도 떠났다. 나중에 그 남자는 다른 여자와 사귀었다. 처음에 두 사람 사이에 별 문제가 없었지만 오래지 않아 여자가 여러 가지 이유를 대며 돈을 꿔 갔다. 카드 값을 못 낸다, 영어 학원을 다녀야 한다, 엄마가 수술을 해야 한다는 핑계를 대며 돈을 빌려 달라고 했다.

남자 주변 사람들은 모두 의아해했다. "너는 전에도 그런 여자를 만났으면서 그때 느낀 점도 없냐?"

"교훈을 얻었지. 돈이 없어서 여자 친구와 헤어졌으니까 이

번에는 돈을 더 벌어 해달라는 것 다 해줘서 여자 친구를 기쁘게 할 거야." 남자가 제 딴에는 당당하게 말했다. 그 말에 다들 어안이 벙벙했다. 실연 후 깨달은 게 고작 돈을 더 벌어 여자가 달라는 대로 줘서 기쁘게 해주고 싶다는 것이라니. '돈이 아니라 진정으로 나를 사랑하는 여자를 만나고 싶다'라고 할 줄 알았는데 말이다.

다들 예상했던 대로 남자가 돈이 떨어지자 여자는 떠났다. 그가 정신을 못 차린다면 다음에도 똑같은 상황이 벌어질 확률이 높다.

'실패는 성공의 어머니'라고 한다. 이 말은 알고 보면 반만 맞는 말이다. 실패 그 자체는 아무런 가치도 없다. 우리가 실패 가운데 교훈을 얻고 그게 제대로 된 교훈이라야 실패는 실패가 아니라 황금보다 귀한 것이 된다.

모든 좌절은 배움의 기회이지만
실패의 원인을 찾아내서
문제의 매듭을 풀어야 한다는 전제가 따라붙는다.
중심을 잘못 찾은 상태에서 뭔가를 배웠다면
고장난 나침반처럼 우리를 엉뚱한 방향으로 인도한다.

여행의 의의

여행의 의미는 목적지에 다다르기까지 과정이다.

여행을 즐기는 남자가 어느 날 신기한 일을 겪었다. 느닷없이 요정이 나타나 이야기를 나누었는데 기분 좋아진 요정이 남자의 소원을 들어주겠다고 했다.

요정의 제안에 남자는 고민에 빠졌다. 그는 별다른 욕심이 없었다. 돈방석에 앉는 것도, 승진에도 관심이 없는데 무슨 소원을 말할까? 남자가 고개를 갸웃거리며 생각한 끝에 마침내 소원이 하나 떠올랐다.

"저는 여행을 무척 좋아합니다만 어딜 가려면 시간과 돈이 많이 듭니다. 제가 생각한 곳으로 바로 갈 수 있는 순간 이동 능력을 주시겠습니까?"

요정이 그 소원을 들어줬다. 그날부터 남자가 머릿속에 어떤 장소를 떠올리고 잠시 눈을 감았다 뜨면 그 장소에 가 있었다. 남자는 아무 구속 없이 신나게 여행을 하게 되었다.

하지만 반년이 지나자 남자는 다시 요정을 찾아가 그 능력을 거두어 달라고 했다.

"이유를 모르겠군요. 길에서 고생하지 않고 온 세상을 누비고 다니는 게 싫은가요?"

"싫은 건 아닙니다. 마법 덕택에 머나먼 북극도 가 보고 지구에서 가장 높은 에베레스트도 올랐습니다. 끝이 보이지 않는 사하라 사막에도 갔고요."

"좋지 않던가요?"

"목적지에 곧장 가니 확실히 시간과 노력은 덜 듭니다." 남자가 미소를 지은 채 요정에게 말했다. "하지만 찾아가는 과정이 없으니 여행에서 느끼는 즐거움도 없어지더군요."

요정은 남자의 말이 무슨 뜻인지 깨달았다. 요정도 웃는 얼굴로 말했다. "잘 알았습니다." 요정은 남자에게 줬던 마법을 도로 거두었다. 남자는 다시 평범한 남자이자 세상에서 가장 신나는 여행자로 돌아갔다.

나도 여행을 좋아한다. 내 나름의 방식으로 하는 여행을 좋아한다. 마음에 드는 곳을 발견하면 며칠 동안 그곳에 머물면서 한가롭게 거닐며 여유를 즐기기도 한다. 돌이켜 생각해보면 여행하면서 가장 기억에 남는 일은 위풍당당한 역사 유적지나 아름다운 자연 경관이 아니라 '여행' 그 자체였다. 하마터면 비행기를 놓칠 뻔 했다거나, 가게 주인과 한참 동안 나눈 이야기라거나, 창밖으로 본 현지인들의 일상생활 같은 것들 말이다.

지금 생활이 자신의 목표와 다르다고 고민하는 사람들 이야기를 종종 듣는다. 하고 싶은 일을 못하고, 사랑하는 이와 결혼하지 못 하고, 통장에 1억 원이 없다는 이야기. 집착이 과해지면 자신감이 줄어들고 심지어 우울증에 걸리기도 한다. 인생의 목표에 너무 집착한 나머지 인생길에 펼쳐진 풍경을 보지 못하는 것은 아닐까? 만약 아무리 애를 써도 도달할 수 없는 목표라면 어떻게 해야 할까? 인생이 허무하게 흘러가도록 내버려 두면 될까?

물론 그래서는 안 된다. 삶의 여정은 관광지를 둘러보는 것이 아니다. 지도 없이 한 번도 가 본 적 없는 장소에 가게 될 수도 있고, 원하든 원하지 않든 원래 가졌던 목표를 버리고 어쩔 수 없이 다른 길로 가기도 한다. 그러다가 마지막에 가면 우리가 간절히 바랐던 것이 거기서 기다리고 있음을 알게 된다.

내 친구 중 한 명은 어릴 적 연예인으로 성공하는 꿈을 꿨다. 연예기획사 연습생으로 들어가 열심히 노력했으나 데뷔

하고 나서야 자기는 스타가 될 소질이 부족하다는 것을 깨달았다. 그는 노래나 춤도 별 볼일 없었고 연기력도 신통찮았다. 어렵사리 비중이 적은 역할을 맡아도 NG를 연발해 감독이 호통을 쳤다. 가장 참담한 것은 하나같이 용모가 빼어난 연예인들 사이에서 그는 눈에 띄지도 않았다.

어릴 적 꿈이 물거품이 되어 버리자 그는 무척 상심했다. 하지만 연예계 일을 하면서 코디네이터라는 직업을 알게 되었다. 처음에는 서툴렀지만 본격적으로 코디네이터 일을 배우고 나니 일을 할수록 흥미가 생겼다.

10년이 지났다. 지금 그는 많은 유명 연예인들이 선생님이라 부르는 대가가 되었다. 그는 연예 무대에서 성공하지 못했지만 자신의 인생이라는 무대에서는 빛을 발했다.

인생이란 이런 게 아닐까? 우리가 주목해야 할 것은 과정이다. 결과를 알 수 없는 목표를 정해 놓고 인생을 낭비하지 말자.

우리는 인생의 목적지에 되도록 빨리 가려고 애쓴다.

그 목적지라는 것이 훌륭한 직업, 완벽한 애인,

어마어마한 재산일 수도 있다.

목표를 이루면 인생이 아름다워질 거라

착각하기 쉽지만 그건 환상일 뿐이다.

너무 급하게 길을 가다 보면

곁에 있는 풍경을 놓치고 만다. 이 얼마나 안타까운 일인가.

마음이 안정되자
새가 찾아왔다

마음이 안정되면 모든 일이 원만하게 풀린다.

사진 찍기 좋아하는 남자가 있었다. 어느 날 그가 우연히 고개를 들었는데 마침 눈앞의 나뭇가지에 앉아 지저귀는 새가 보였다. 새의 모습에 끌린 남자는 새를 한 번 찍어 보겠다고 마음먹었다.

어느 날 아침 남자는 일찍 산으로 갔다. 새는 남자 마음을 모르는지 하루 종일 쏘다녀도 쓸 만한 사진은커녕 새 그림자도 보지 못했다.

그가 가쁜 숨을 내뱉는데 저 멀리 망원경으로 새를 보는 사람이 보였다.

"새 구경 오셨습니까? 이 산에는 새가 없는 것 같습니다."

남자가 볼멘소리를 했다.

"없다니요? 오늘 여러 마리를 봤는걸요." 새 구경을 나온 사람이 놀라며 말했다.

남자의 안타까운 상황을 듣고 나서 새 구경하는 사람이 바위를 가리키며 말했다.

"저 바위에 앉아 30분 동안 말도 하지 말고 움직이지도 않으면 좋은 사진을 찍을 수 있어요. 제가 장담합니다."

남자는 반신반의하며 시키는 대로 했다. 새 구경하는 사람도 남자 앞에 앉았다. 과연 오래지 않아 오솔길 모퉁이에서 새 떼가 나타났다. 남자가 사진기를 들고 걸어가려 하자 새 구경 나온 사람이 남자를 막았다.

"움직이지 말고 여기 가만히 앉아 있어요."

"하지만 ……."

"내 말대로 해요."

잠시 후, 새 소리가 없어지더니 모두 날아가 버렸다. 남자는 매우 안타까웠다. 그런데 잠시 후 뒤쪽 숲에서 새들이 지저귀기 시작했다. 남자가 안절부절못하고 틈만 나면 고개를 돌렸다. 새 구경하는 사람이 그를 말렸다.

"가만히 있어요. 여기 그냥 앉아 있으면 됩니다."

남자는 마음이 급했지만 새 구경하는 사람의 뜻을 거스를 수 없었다.

몇 분 동안 숲에서는 아무 움직임이 없었다. 딱히 할 일도 없어서 마음을 놓고 있었는데 귓가에 갖가지 소리가 들려왔다. 숲은 적막하고 조용한 곳이 아니었다. 나뭇잎이 바스락거리며 흔들리는 소리, 매미가 맴맴 우는 소리, 청개구리의 개굴개굴 소리에 도취되어 남자는 산에 온 목적마저 잊어버렸다. 그때 별안간 새 한 무리가 날아와 가까운 나뭇가지에 앉았다. 빨간색, 노란색, 오색찬란한 색깔이 마치 곱게 물든 단풍 같았다. 남자는 사진기도 잊은 채 아름다운 모습에 푹 빠져 있었다.

새들이 떠나고 나서 남자는 새 구경 나온 사람에게 고맙다고 인사하고 손을 흔들며 헤어졌다. 사진 촬영에 대해, 그리고 삶에 대해 그는 중요한 사실을 깨달았다. 마음이 안정되어야 모든 것이 원만하게 흐른다는 것을.

어느 젊은 엄마가 자기가 겪은 부끄러운 일화를 들려줬다. 아이를 데리고 백화점에 가서 상당히 비싼 사진기를 사 가지고 전철을 타고 집으로 돌아오는 길이었다. 그런데 실수로 사진기가 들어 있는 쇼핑백을 전철에 두고 내리고 말았다. 젊은 엄마는 급히 아이를 데리고 역무원을 찾아 허둥지둥 자기 사정을 말했다. 역무원은 젊은 엄마가 탔던 전철 승무원에게 연락해서 다행히 사진기를 찾아내서 다음 역에서 찾아가라고 알려 줬다. 그 엄마는 다시 표를 사서 다음 역으로 갔다. 커다란

역 안을 몇 바퀴 돌고 나서 역무원을 겨우 찾아 사진기를 받았다. 얼른 집에 가서 밥을 차려야 한다는 마음에 아이를 데리고 급하게 표를 끊고 전철에 올랐다.

그날 있었던 파란만장한 일을 생각하니 지치고 짜증이 났다. 그러다 내릴 역에 도착해서 콩나물시루 같은 인파를 헤쳐 가며 아이를 데리고 전철에서 내렸는데 믿지 못할 일이 벌어졌다. 전철 안에 사진기 쇼핑백을 또 두고 내린 것이다. 아이 엄마는 곤혹스러운 나머지 웃음도 울음도 나오지 않았다. 그러면서 자기가 한 일을 후회하며 내뱉었다.

"아, 내가 조금만 침착했다면 이런 바보 같은 일은 벌어지지 않았을 텐데."

물건을 잃어버리는 것은 별일 아니다. 살다 보면 중요한 일이 돌발 상황으로 발생하는 경우가 한두 번이 아니다. 이럴 땐 자기도 모르게 마음을 졸이기 마련이다. 그러나 일이 끝나고 돌이켜 보면 초조해 하는 게 아무 도움이 안 된다. 일이 꼬이고 더 우울해지기 일쑤인데 왜 마음을 졸이는 걸까?

자기 마음을 다스릴 수 없거나 허둥댈 때 일단 자기를 단단히 조이고 냉정을 찾아야 한다. 마음이 고요해지면 해결책이 보일 뿐 아니라 일을 조리 있게 할 수 있게 된다. 일시적으로 충돌을 피해봤자 일만 더 복잡해진다.

초초해 하는 것은 문제 해결에 아무 도움이 안 된다.

오히려 활활 타는 불에 기름을 붓는 것처럼

자기 자신을 더 혼란하게 할 뿐이다.

급할수록 실수가 많아지고 일이 더 복잡해진다.

곤란함에서 벗어나려면 일단 마음을 가라앉혀야 한다.

침착해지면 해결 방법 또한 더 분명하게 떠오를 것이다.

이 세상은
크면서도 작다

마음이 넓을수록 유쾌하고 자유로운 사람이 된다.

어느 절에서 석가탄신일을 기념해 사찰에서 어느 정도 떨어진 산기슭 아래에 불상을 세우기로 했다. 불상의 크기가 꽤 커서 눈동자가 건물 1층 높이와 맞먹었다. 손바닥은 얼마나 큰지 사미승 열 몇 명이 그 위에 서도 끄떡없을 것 같았다.

불상 제작을 맡은 석공이 사찰 공터에서 밤낮을 가리지 않고 작업을 했다. 어린 사미승들은 무척 흥분해서 불상의 큼지막한 손과 발이 만들어지는 모습을 보러 하루가 멀다고 드나들었다. 사미승들은 하나같이 이렇게 큰 불상이 세워지면 사람들이 깜짝 놀랄 거라고 기대했다.

마침내 불상을 제 위치로 옮기는 날이 되었다. 인부 여럿이

젖 먹던 힘을 다해 불상을 달구지에 싣고 산기슭으로 옮겨 자리를 잡았다.

몇 시간이 흐른 뒤 드디어 대 공사가 마무리되었다. 우뚝 솟은 산맥과 푸른 하늘을 배경으로 장엄한 대불이 창공을 향해 우뚝 솟아올랐다. 불상이 세워졌다는 말에 사미승들이 앞다퉈 절 마당에서 멀리 산기슭을 바라봤다. 그들 눈에 들어온 것이 대불상이 틀림없건만 표정에는 실망한 빛이 역력했다.

말없이 한참을 바라보다 사미승 한 명이 입을 뗐다.

"그런데 불상이 좀 작아진 것 같지 않아?"

옆에 있던 주지가 그 말을 듣고 사미승의 머리를 쓰다듬으며 미소를 지었다. "불상이 줄어든 게 아니고 허공이 그만큼 넓은 것이니라."

사미승들은 어째서 불상이 작아졌다고 느꼈을까? 불상이 원래 커다란 건 맞다. 하지만 누워 있던 불상을 세우면 주변의 산과 대비되어 작게 보인다. 게다가 일망무제 하늘과 비교해 보면 더 작아 보이기 마련이다.

진정으로 매우 크거나 매우 작은 것은 형상이 있는 물체가 아니라 우리 내면이다.

남편이 바람을 피워 이혼한 친구 이야기다. 우울증에 걸려 술로 시름을 달랬고 만나는 사람마다 붙들고 남편의 흉을 보는 탓에 주변 사람들이 모두 힘들어했다. 한 해, 두 해 시간이 흘렀지만 원망에서 벗어나 새로운 삶을 시작할 의사가 전혀 없어 보였다.

그러던 어느 날 다른 친구가 그를 시골 학교에서 봉사를 하라고 억지로 끌고 갔다. 그는 처음에는 전혀 흥미가 없었지만 천진난만한 아이들과 하루를 보내고 집에 오자 모처럼 잠을 깊이 잤다. 그 다음 날, 그는 시골 학교 보조교사를 지원했다.

몇 년이 지나 친구를 다시 만나 실패한 결혼 이야기를 나누었는데 그는 감정이 매우 안정되어 있었다. 누군가 친구에게 어떻게 그렇게 달라졌냐고 물었는데 친구 자신도 이유를 똑 부러지게 말하지는 못했다.

나는 친구의 시야가 넓어져서 사건을 받아들이는 관점도 변했다고 생각한다. 친구는 다른 사람의 부족함을 보고 지족(知足)을 배운 것이다. 남의 불행을 이해하자 자신의 행복을 발견했다. 마침내 그는 자신을 용서했다. 더 넓은 곳으로 눈길을 돌리고 더 높은 목표를 정해서 파경의 악몽에서 벗어났다.

이 세상은 매우 광대하다. 자신을 상아탑에 가두고 해결 안 되는 문제에 매일 매달려서 살 수도 있고 밖으로 나가 자유롭게 살 수도 있다. 이는 우리가 어떤 선택을 하느냐에 달려 있다.

사람의 마음은 클 수도 있고 작을 수도 있다. 마음이 큰 사람은 즐기며 사는 사람이면서 동시에 자유로운 사람이다.

이 세상은 매우 크다.

하지만 우리가 밖으로 나가려고 하지 않는다면 아주 작다.

이 세상은 매우 다채롭다.

하지만 우리가 눈을 감아 버리면 아무것도 보지 못한다.

돈으로
살 수 없는 것

돈을 벌기 위해 일을 하지만
일이 돈만 버는 수단이 되지 않도록 하라.

작은 마을에 진료소가 있었다. 진료소는 작지만 의사가 마음
이 따뜻하고 의술도 뛰어나 언제나 환자로 북적거렸다.

어느 날 붐비는 대기실에 낯선 사람이 나타났다. 하지만 아
무도 그 사람을 알아채지 못했다. 그날 업무가 끝나자 그 사람
은 의사에게 다가가 자기를 소개했다. 그는 시내에 있는 대형
병원 원장으로 이 마을 의사가 의술이 탁월하다는 소문을 듣고
일부러 여기에 찾아왔다고 했다. 원장은 마을 의사가 자기네
병원에서 일하기를 바란다면서 좋은 조건을 제시했다. 마을 의
사는 놀라면서도 기뻤지만 시간을 달라고 했다.

진료소에서 버는 돈은 그다지 많지 않아서 처자식이 배불리 먹지 못하고 좋은 옷을 입지 못하는 게 늘 마음에 걸렸다. 그리고 대도시 병원이라면 환자가 시골보다는 많을 테고 그렇다면 더 많은 사람에게 자신의 의술을 펼칠 수 있다는 점도 마음이 갔다.

이직 여부에 대한 답을 주기로 한 날이 되었다. 시골 마을 의사는 도시 병원에 나타나지 않았다. 대신 대형병원 원장실로 전화를 걸었다. "죄송합니다. 저는 여기를 떠날 수 없습니다." 시골 의사가 미안해하며 말했다.

원장이 의아해했다. "이유를 여쭤 봐도 되겠습니까? 혹 급여가 맘에 들지 않는다면 조정할 수 있습니다."

"아닙니다. 급여는 충분합니다."

"그러면 근무시간이 너무 깁니까, 아니면 복리후생이 적은가요?"

"그런 게 아닙니다." 의사가 잠시 후 말을 이었다. "솔직히 말씀드리겠습니다. 큰 병원에서 제의가 왔다는 말을 듣고 식구들 모두 들떴답니다. 이미 며칠 전에 기쁜 마음으로 짐을 싸놓고 오늘 아침에 기차만 타면 되게 준비를 마쳤습니다."

"그럼 뭐가 문제입니까?"

"대문을 열자마자 저와 아내 둘 다 할 말을 잃었습니다." 의사가 목이 메었다. "마을 사람들이 전부 저희 식구를 배웅하려고 집 앞에 모여 있더군요. 이별이 아쉬워서 차마 말은 못하고 눈물범벅이 된 이도 있었습니다. 결국 저와 아내는 여기서 계속 진료를 하기로 마음을 바꿨습니다."

말을 다 듣고 원장은 잠시 입을 열 수 없었다. "네, 잘 알았습니다. 신께서 당신과 함께 하기를 바랍니다." 수화기를 내려놓고 나서 원장은 사람 보는 눈이 아직 녹슬지 않았다는 생각에 자기도 모르게 입가에 미소가 지어졌다. 시골 의사는 얼마 되지 않는 훌륭한 의사였다.

친구에게 들은 이야기다. 음식점에서 밥을 먹는데 종업원의 태도가 아주 나빴다고 했다. 그런데 그 말을 하는 친구의 말투는 분노는 고사하고 기운이 하나도 없어 보였다. 나는 그 친구의 마음 상태가 궁금해졌다.

"그런 직원을 보고 너는 화도 안 났어?"

"내가 왜 화를 내니? 난 오히려 그 직원이 불쌍하더라."

친구가 한숨을 쉬었다.

"불쌍하긴 뭐가 불쌍해?" 나는 도무지 이해할 수 없었다.

"그 직원 말이야, 자기 일이 얼마나 싫으면 그런 태도로 일하겠어? 싫어하는 일을 매일 해야 하니 불쌍하지."

친구가 말했다. 여기까지 듣자 나도 상황을 이해할 수 있었다. 친구 말이 맞다. 그 직원은 참 불쌍했다. 그런데 직원을 불쌍하게 만든 원인이 서비스업이라는 일 때문만은 아닐 것이다. 즐겁게 근무하는 종업원도 얼마든지 있다. 전에 자주 갔던 음식점의 직원들은 하나같이 성실하고 손님에게 더할 나위 없이 친절했다. 그들과 익숙해지고 나서 이야기를 나눈 적이 있다.

"음식점 일이 힘들죠?"

"힘든 건 어디나 마찬가지예요. 그런데 일을 하며 늘 사람들과 만나는 게 신이 납니다."

그 직원과는 만나는 횟수가 늘면서 허물없는 사이가 되었다. 나중에 그 음식점이 문을 닫는 바람에 그는 다른 음식점으로 자리를 옮겼고 몇 년 후 점장이 되었다. 몇 해가 지났지만 그는 여전히 일 얘기가 나오면 싱글벙글 웃는 얼굴로 말한다.

직업은 돈을 벌기 위한 수단이지만 '단지 돈만 벌기 위해' 일한다면 고생길이 될 수밖에 없다. 게다가 일이 고생스럽다고 느낄수록 더욱 기운이 빠지고 업무 효율도 떨어져 악순환이 반복될 것이다.

아무리 단순 직업이라도 다 필요하니까 있는 법이다. 아무리 평범한 직업도 없거나 모자라면 안 된다. 내가 내 직업을 얕잡아 보지 않는 한 어느 누구도 내 직업을 얕잡아 보지 않을 것이다.

직업의 이유가 돈을 벌고 남기는 것이라면
일의 보람을 느낄 수 없고 매일 사는 게 힘들어진다.
자신의 일 가운데 돈을 넘어서는 가치를 찾으면
직장 생활이 더 즐겁다.

뭐든 할 수 있는 사람과
아무것도 못하는 사람

환경을 바꿀 수 없다면 자신을 바꿔라.

매우 게으른 젊은이가 있었다. 대학 졸업 후 전적으로 부모에게 의지해 사는 캥거루족으로 몇 년을 지냈다. 부모가 일을 하라고 재촉했지만 젊은이는 직장을 열심히 다니다가도 회사가 너무 머네, 일이 힘드네 하며 그만두기 일쑤였다.

어느 날 아버지가 매우 화가 나서 아들을 심하게 꾸짖었다. 하지만 젊은이는 자기 잘못은 전혀 모른 채 억울하다는 표정으로 자기가 게으른 게 아니라 적합한 일자리를 못 찾은 게 문제라고 했다.

아버지가 난데없이 탁자에 있는 사과를 집어 들더니 바닥에 내동댕이쳤다. 그러더니 다른 사과를 들어 벽과 양탄자를 향해 계속 던졌다. 사과즙이 사방으로 튀고 으스러진 사과가 바닥에 나동그라졌다.

아버지가 아들에게 물었다. "봐라, 바닥에 깨진 사과에서 뭐가 나오냐?"

아들이 얼떨떨해 하며 말했다. "사과즙이요."

"벽에 던진 사과에서는 무엇이 나오느냐?"

"사과즙이요."

"그럼 양탄자에 떨어진 사과는?"

"그것도 사과즙이죠."

"사과를 어디다 던지든 사과즙이 나오지 귤즙이나 수박즙이 나오지 않아!"

그야 당연하지, 아들이 마음속으로 생각하며 아버지가 너무 화가 난 나머지 정신이 이상해진 줄 알았다.

"네가 본래 성실한 사람이라면 어디를 가든 성실하게 일을 할 것이다. 네가 실력을 갖추었다면 어디 가든 두각을 나타내겠지. 넌 속이 비었기 때문에 어디 가나 가망이 없는 거야."

텔레비전이 막 보급되었을 무렵 대만을 뜨겁게 달군 기보여라는 여배우가 있었다.

기보여는 겨우 다섯 살에 연예계에 진출했다. 귀여운 외모에 연기력도 뛰어나 아역배우로서 인기가 하늘을 찔렀다. 그러던 그가 열아홉 살에 결혼하고 아들을 낳고 나서 연예계에서 멀어졌다. 최근에 기보여가 어느 프로그램에 나온 걸 보고 화려한 조명 뒤에 숨겨진 그의 사생활을 알게 되었다.

그의 어머니는 아버지의 정식 부인이 아니었다. 어릴 때부터 부모의 사랑을 받지 못하고 조부모 손에서 자랐다. 어린 기보여에게 애정과 보호가 아니라 매와 욕이 따라다녔다. 연예계에 발을 디딘 후 식구들은 그를 돈줄로 생각했다. 조부모는 그녀에게 연기만 시키고 공부는 못하게 했다. 아역 배우를 더 오래 시키기 위해 병원에 데려가 강제로 성장을 더디게 하는 주사를 맞게 했다.

기보여는 사랑에 대한 갈망과 가정에서 벗어나고 싶다는 욕구까지 더해져 열아홉 살에 임신을 하고 결혼했다. 행복을 기대하고 시작한 결혼생활이지만 그를 기다리고 있었던 것은 2차, 3차로 이어지는 비극이었다. 큰아들은 선천적인 희귀병 환자로 배에 커다란 구멍을 내서 장을 밖으로 꺼내는 수술 끝에 목숨을 건졌다. 남편은 외도를 했고, 화재로 목숨을 잃었다.

잇따른 시련으로 기보여는 자포자기하고 말았다. 술집에 나가 매일 술을 마시고 취하면 아이에게 화를 냈다. 자기가 왜 사는지 알 수 없었다. 다른 이의 결혼생활을 파탄냈고 자살 미수도 해봤다. 결국 큰 아들은 심각한 우울증으로 쉴 새 없이 정신병원을 드나들었고 둘째 아들은 마약을 팔다 감옥에 갔다.

기보여의 인생은 말 그대로 갈 때까지 갔다. 그런데 신앙이 기보여를 구해 냈다. 그는 자신의 인생 키워드를 화해와 회개로 바꿨다.

그는 화해를 알게 되었다. 부모와 화해하고 조부모와 화해하고 시댁 식구들과 화해했다. 그는 그제야 바람이 지나면 잠잠해지듯 과거의 고통도 사라진다는 것을 알았다. 자신이 신경 써야 할 것은 과거가 아니라 현재와 미래라는 것도 깨달았다.

그는 회개를 알게 되었다. 전에는 늘 남 탓을 했다. 남이 자기를 이 지경으로 만들었다고 생각했다. 하지만 신앙의 힘으로 그녀는 용기를 얻었고 자신의 잘못을 인정하게 되었다. 그는 술집을 그만 두고 10여 년 동안 빠져 있던 알콜도 끊었다. 불륜에서 손을 뗌과 동시에 아이들과 관계를 회복하고 그동안 못 줬던 정을 주기 위해 애썼다. 나중에 그는 독거 노인과 지체장애인을 돕는 비영리단체를 만들었다. 자비를 들여 교회를 다니며 간증하고 자기 이야기를 책으로 내서 사람들을 격려했다.

나는 기보여를 인터뷰하면서 친밀함과 따뜻함에 무척 감동 받았다. 인터뷰가 끝나고 그는 내 손을 잡고 나를 위해 축복기도를 했다.

그녀와 이야기를 나누면서 나는 깨달은 점이 많았다. 인생에서 가장 어려운 화해와 회개라는 두 가지 과제를 그는 다 해 냈다. 화해와 회개를 하려면 상당히 많은 용기와 의지가 필요하다.

기보여의 인생 역정은 잇따른 좌절과 시련으로 열악한 환경에 처한 경우에 '썩은 사과'와 '맛있는 사과' 중 어떤 사과가 될 것인지는 자신이 결정한다는 것을 보여 주는 사례다.

어쩌면 당신은 나쁜 주변 환경에서 벗어나기 힘들어서,
혹은 사람들이 당신에게 함부로 대해서 기분이 나쁠 수 있다.
하지만 마음에 원망, 질책, 원한 같은 것을 품어 봤자
아무 소용이 없다.
오히려 세상에 대한 증오만 더 커질 뿐이다.
변화를 기대한다면 나부터 바꿔 보자.

생애 전부를
쏟아부어야

무대에 오르는 사람은 대체로 특출한 인재가 아니라
일에 전념해 끝까지 붙잡고 있는 사람이다.

나이 마흔인 직장인이 식사를 마치고 아내와 차를 마시며 이
런저런 이야기를 나누고 있었다. 아내가 별안간 물었다.

"만약 다시 선택할 수 있다면 한평생 무엇을 하고 싶어요?"

그가 잠시 생각에 잠겼다가 말문을 열었다.

"인생을 다시 산다면 쇠 다루는 법을 배울 것 같소. 난 철공
에 관심이 많으니까."

"그래요? 그런데 왜 안 배웠어요?"

"그때는 가당치도 않은 일이었지." 남자가 쓴웃음을 지었
다. "돈을 벌어 집 사고, 차 사고, 장가가고 싶었는데 쇠 두들겨

서 언제 그 돈을 모은다고 그것을 배웠겠소."

"하지만 이제 당신은 돈도 벌 만큼 벌었고 집도 샀고 차도 샀고 장가도 갔잖아요. 그런데 왜 지금은 쇠를 두드리지 않나요?"

아내의 말을 듣고 남자는 꿈에서 깨어난 것 같은 느낌이었다. 그는 그길로 사직하고 쇠 다루는 일을 기초부터 배웠다.

그로부터 여러 해가 지났다. 남자의 기술은 몰라보게 발전했다. 그는 주전자, 향로, 철로 된 문패, 손잡이 같은 것들을 만들었는데 일상 용품이지만 예술적 기품이 묻어났다. 시장에 내놓기만 하면 앞다퉈 사가는 바람에 공급이 수요를 따라가지 못할 지경이었다.

그는 지금 일흔이 넘은 노인이 되었다. 그는 더 이상 평범한 직장인이 아니라 일본에서도 알아주는 철공 분야 장인이 되었다. 그는 매체와 인터뷰에서 지난 인생을 돌아보며 이렇게 말했다.

"어떤 일을 하기에 앞서 당신이 할 수 있다고 생각하면 당신은 거의 그 일을 해낼 수 있습니다. 일을 앞에 두고 못할 것 같다 느끼면 그 일은 영원히 할 수 없습니다."

텔레비전에서 우연히 일본의 철공 예술 명장의 실화를 보고 마음 깊이 감동을 받았다. 그 장인은 자기의 꿈을 지지해 주는 아내를 만난 게 첫 번째 행복이었다. 그리고 새로운 인생을 살고자 용감하게 실행에 옮긴 게 두 번째 행복이었다. 마지막으로 그가 바라던 것들을 꽃 피우고 열매를 맺었다는 게 무엇과도 바꿀 수 없는 행복이었다.

'이상'을 주제로 그의 인생을 해석해 보자. 이상이 몽상으로 끝나지 않고 현실이 된 건 실천이 뒷받침되었기 때문이다. 게다가 이왕 실천에 옮기기로 했다면, 하루 이틀 혹은 일 이 년이 아니라 그의 생애 전부를 쏟아부어야 한다.

내 친구 하나는 예술적인 재주가 특출해서 창작 방면의 일을 하고 싶어 했다. 어느 날 그가 엄청나게 고급 사진기를 사서 사진작가가 되겠다고 했다. 어떤 날은 영화 촬영용 카메라를 사들여 영화감독이 되겠다고 했다가 또 어느 날은 성능 좋은 컴퓨터를 구입해 3D 애니메이션을 배우겠다고 했다. 그러나 나는 그 말을 믿지 않았다.

매사 작심삼일의 열의만 보인 결과 그녀는 이것저것 조금씩은 알지만 제대로 하는 것은 하나도 없었고 전문분야도 없었다. "시간은 사람을 기다리지 않고 나는 재주를 펼칠 기회가 없구나."라며 매일 한탄하며 지내게 되었다.

다른 재주는 하나도 없고 오로지 만화만 잘 그리는 친구가 있었다. 그는 바보 같을 정도로 묵묵히 그림만 그렸다. 다른 데 발표도 하지 않고 오직 자기 블로그에만 올리고 스스로 즐겼다. 그런데 블로그 방문자가 점점 늘어나더니 어느 출판사와

연결되어 정식 만화가가 되었을 뿐 아니라 심지어 자기네 회사 상품 대변인이 되어 달라고 찾아온 업체도 있었다고 한다.

이 세상에는 흥미를 끄는 일들이 무수히 많다. 하지만 우리는 모든 일에 정통할 수 없고 모두 다 잘 하기도 힘들다. 남들 눈에 자기 영역을 굳힌 것처럼 보이는 사람은 천재가 아니라 한 가진 일을 꾸준하게 계속한 사람이다.

꿈을 쫓는 것은 아름답다.

하지만 꿈을 쫓으려면 대가를 지불해야 한다.

그러나 대가를 치르고 싶지 않은 사람들도 있다.

꿈을 쫓는 것은 우리 생각처럼 낭만적이지 않고 의지가 필요하다.

이상을 이루려면 어쩌면 한평생이 걸릴지도 모른다.

당신, 그래도 꿈을 이루고 싶은가?

어떻게 생각하느냐는
마음먹기에 달렸다

비가 오면 날씨가 나쁘다고 불평하는 사람도 있지만
빗소리를 즐기는 사람도 있다.

무척 가난한 남자가 있었다. 기분이 울적해질 때마다 그 사람
은 고개를 숙인 채 자기 방 안을 다섯 바퀴 돌았다. 이상하게
들리겠지만 방을 돌고 나면 마음이 안정되곤 했다.

10년이 지났다. 이 남자는 사업이 번창해 넓은 땅을 사서
집을 멋지게 지었다. 그러나 마음이 울적해지면 고개를 떨구
고 방 안을 다섯 바퀴 도는 버릇만은 여전했다.

어느 날 남자의 아들이 궁금함을 참지 못하고 물었다.

"아빠는 제가 아주 어릴 때부터 방 안에서 빙글빙글 도는데
그러면서 대체 무슨 생각을 하세요?"

"10년 전에는 방을 돌면서 '내 방이 이렇게 작고 나는 이렇게 가난하니 마음이 울적할 자격도 없어. 더욱 열심히 살아야겠다.'라고 생각했단다." 남자가 웃으며 말을 이었다. "10년이 지난 지금 방을 돌면서 '방이 이렇게 크고 나는 돈도 많으니 마음이 울적할 자격이 없다. 상황에 만족하며 살자.'라는 생각을 하지."

똑같은 상황에서 이야기 속의 남자는 달리 생각할 수도 있을 것이다. 자기는 집도 작고 가난하다고 자책하면서 돈 많은 사람을 부러워하거나, 집이 크지만 쓸데없이 바쁘기만 하고 돈은 아직도 부족하다며 기분이 더 나빠질 수도 있을 것이다.

나를 흔드는 것은 밖에서 일어나는 사건이 아니라 내 마음일 경우가 많다.

며느리와 같이 사는 시어머니가 있었다. 시어머니는 며느리가 무슨 일을 해도 성에 차지 않았다. 며느리가 밥을 지으면 맛이 없어서 못 먹겠다고 하고 밥을 안 하면 게으르다고 나무랐다. 며느리가 일찍 일어나면 눈에 거슬린다고 하고 늦게 일어나면 날 밝았는데 문안 인사도 없다고 화를 냈다.

며느리도 사람인지라 하는 일마다 시어머니가 역정을 내니 더 이상 견딜 수가 없었다. 나중에는 고부 관계가 일촉즉발의 위기상황으로 치달아 둘 중 한 사람이 곧 폭탄을 터뜨릴 지경이 되어 버렸다.

그러다 아들이 남쪽지방으로 전근을 가서 며느리도 아들과 함께 이사를 했다. 시간이 한참 흐른 뒤 시어머니와 며느리가 만났는데 신기하게도 두 사람 사이가 완전히 달라졌다. 아들과 며느리가 집에 오자 시어머니는 며느리를 데리고 쇼핑을 나갔다가 멋진 음식점에서 식사를 했다. 두 사람은 정신없이 웃으며 이야기를 나누었다. 시어머니가 말했다.

"며느리랑 따로 살고 나서 많이 달라졌어요. 철이 들었다고나 할까요?"

사실 시어머니를 괴롭힌 근본 원인은 바로 자신이었다. 며느리가 변한 건 하나도 없었다. 떨어져 있는 거리만큼 시어머니가 며느리를 대하는 마음도 넓어지고 시각도 달라졌다. 그제야 시어머니는 예쁜 데라곤 눈을 씻고 봐도 없던 며느리도 괜찮은 구석이 있음을 깨달았다.

비 오는 날 날씨가 나쁘다고 불평하는 사람이 있는가 하면 빗소리를 즐기는 사람도 있다. 어떤 사람은 일이 뜻대로 안 되면 발을 동동 구르며 하늘을 원망하다 쓰려져 다시 일어나지 못한다. 하지만 현실을 담담하게 받아들이고 겸손한 마음으로 실패 속에서 교훈을 찾는 이도 있다. 둘 중에 어느 쪽이 더 즐겁게 살까? 어느 쪽이 더 성공할 가능성이 높을까? 누구라도 쉽게 알 수 있을 것이다.

어떻게 보면 맞고 어떻게 보면 그르다.

다 마음먹기 나름이다.

현실을 바꿀 방법이 없다면

나를 바꾸는 수밖에 없다.

부정적인 감정에 휘둘리기 시작하면

나만 더 괴로울 뿐이다.

행복은
늘 곁에 있다

가까운 사람을 소중하게 생각하라! 행복은 늘 곁에 있다.

어떤 마을에 한가한 남자들이 나무 아래에 모여 앉았다. 두런 두런 잡담을 하다가 해와 달에 대한 이야기가 나왔다. 누군가 물었다.

"당신들은 해와 달 중에 어떤 게 더 중요하다고 보시오?"

한 남자가 입을 열었다. "말할 필요도 없이 당연히 달이죠."

"왜죠?"

"생각해 보슈. 깜깜한 밤에 달빛이 없으면 넘어질 것 아니요. 낮에는 이렇게 밝은데 해라는 놈은 멍청하게 빛을 내고 있으니 그거야 말로 쓸데없는 짓 아니겠소?"

이야기에 나오는 남자는 밝은 대낮에 해가 빛을 비추는 게 쓸데없는 짓이라고 했다. 해가 빛을 내지 않으면 낮에 환할 수 있을까?

그 사람이 어리석다고 하겠지만 일상생활에서 우리도 비슷한 착각을 하는 일이 많다. 우리를 사랑하는 사람이나 정성으로 돌봐 주는 가족의 호의를 너무 당연하게 여기며 고마워하는 건 고사하고 불평을 하기도 한다. 그런데 그리 친하지 않은 친구나 동료, 이웃, 심지어 모르는 사람이 우리에게 베푼 작은 일에는 매우 깍듯하게 감사 표시를 한다. 가만히 생각해 보면 이런 마음의 상태는 이상하지만 모든 사람이 다 갖고 있다.

한 번은 친구가 아내와 싸우고 우리 집에 찾아와 하소연을 했다. 그가 쉴 새 없이 원망을 늘어놓다 보니 어느새 밥 먹을 때가 되었다. 나와 남편은 불평 듣는 것도 피곤하고 배도 고파져서 간단하게 밥상을 차려 같이 먹자고 했다. 밥을 먹으며 친구는 연신 고마워하며 번거롭게 해서 미안하다고 했다.

나는 웃음이 나오는 것을 참을 수 없었다. "내 평생 처음으로 너한테 밥을 차려 줬는데 이렇게 고마워하는구나. 만날 너를 위해 음식을 하는 아내에게 '고맙다'는 말 한 마디만 하면 다시는 아내가 너를 원망할 일이 없을 거야."

그는 이 말을 듣고 잠시 어리둥절하더니 껄껄 웃으며 일리가 있다고 했다.

인생은 짧다. 그 중에서도 가족과 함께 하는 시간은 정말로 길지 않다. 보통 인연으로 만난 사람들이 아닌데 우리는 어째서 시간만 나면 서로 원망하고 미워하는가?

평범한 가운데 평범하지 않은 것을 발견해 보자. 감동하는 법을 배워 보자. 하찮은 일이라도 기대하는 마음을 가지자. 그러면 우리는 세상 누구보다 행복하다는 것을 깨달을 것이다.

살다 보면 잊기 쉬운 것들이 있다.
남이 베푸는 조그만 성의는 고마워하면서
우리와 가장 가까운 가족이 눈에 들어오지 않기도 하고
심지어 크고 작은 원망을 품기도 한다.
가까운 사람을 소중하게 생각하라!
행복은 늘 곁에 있다. 우리가 의식하지 못할 뿐이다.

밥은 언제 먹나요

'다들 그렇게 해'와 '나도 그렇게 해야 한다'는 다른 말이다.

어느 탐험가가 외국의 정글 깊은 곳에 있는 원주민 부락을 찾아가려고 했다. 부락 출신 남자의 안내를 받아 여행을 한 지여러 날이 지났다. 하루는 안내인이 탐험가에게 말했다. "당신은 걸핏하면 '손목시계'라는 물건을 보는데 왜 그러나요?"

탐험가는 시간이라는 개념이 없는 부락 사람에게 알기 쉽게설명하려고 한참을 생각한 끝에 대답했다.

"시계를 보면 밥 먹을 시간을 알 수 있어요" 그러면서 탐험가가 반문했다. "그런데 당신네 부락에는 시계가 없는데 밥 때를 어떻게 알죠?"

"배가 고플 때 먹으면 되죠." 안내인이 기다렸다는 듯 대뜸

답했다. 그러면서 세상에 그런 이상한 질문은 처음 듣는다는 표정으로 탐험가를 바라봤다.

다른 사람 모르게 나 혼자 '결혼광'이라는 별명으로 부르는 친구가 있다. 별명에 걸맞게 그는 무척 결혼을 하고 싶어 했다. 그것도 보통 서두르는 게 아니었다. 입만 열면 결혼 얘기고 청첩장을 받으면 부러워하다 못해 질투까지 했다.

그러다 여자 친구가 생겼다. 교제를 시작한 지 얼마 되지 않아 급하게 꽃다발과 다이아몬드 반지를 들고 여자 친구 회사 앞으로 찾아가 무릎을 꿇고 청혼했다. 상대방이 마음의 준비가 안 된 상태에서 벌인 낭만적인 서프라이즈 파티는 불행하게도 여자 친구가 줄행랑을 놓는 걸로 끝났다.

"너는 왜 그렇게 결혼을 못 해 안달이니?" 내가 남자에게 물었다. "나이도 찼고 내 친구들은 다 결혼했거든."

"그러니까 남들이 하니까 너도 하겠다고?" 이 질문에 친구는 유구무언이 되었다.

그런데 몇 개월 전 그 친구가 결혼을 했다. 중학교 동창회에서 만난 여자 동창과 사랑이 싹텄단다. 게다가 그 여자도 결혼을 갈망했던 터라 두 '결혼광'은 호화스런 예식을 올리고 부부가 되었다. 하지만 그들의 결혼이 좋게 보이지만은 않았다. 아니나 다를까, 상대방을 제대로 알지 못하고 부부가 된 둘은 크고 작은 부부싸움이 그칠 날이 없었다. 지금 그 친구는 아이

양육비 문제로 골치를 썩고 있다.

'남들이 다 하니까 결혼한다'는 사람이 바보라고 생각하는 가? 하지만 우리도 그렇게 살고 있지 않는가? 다들 명품을 사니 까 나도 명품을 산다. 다들 돈이 많아야 한다고 하니까 나도 돈 을 번다. 나 혼자 물결에 흔들리는 게 아니라 식구들에게도 으 름장을 놓는다. 아이에게 "학원에 다녀야 성적이 오른대.", "공 무원이 제일 확실한 직업이라니까 너도 공무원이 되거라."라고 하지는 않는가?

'남들이 다 그렇게 한다'와 '나도 그렇게 하고 싶다'는 같은 말이 아니다. 그러므로 '남들이 다 하니까 나도 그렇게 하고 싶어'는 매우 위험한 생각이다.

어떤 일을 맞닥뜨렸을 때 일단 냉정하게 이성을 찾은 다음 마음의 소리에 귀를 기울여 보자. 자기가 진정 어떻게 생각하 는지 알아야 지혜롭게 판단할 수 있다.

사람들은 남들과 조금이라도 다르면 불안해한다.

남들이 결혼하면 나도 하고 싶고,

남들이 명품을 사면 나도 사고 싶다.

남들이 자식을 학원에 보내면 나도 보내야 할 것 같다.

다시 말해서 이유도 모르는 일을 하는 것이다.

확실하게 생각해 보고 나서 행동하라.

남들 하는 대로 똑같이 할 필요는 없다.

하느님
천만 원만 주세요

신앙이 우리에게 힘과 의지를 준다.
그러나 바라는 것을 얻기 위한 수단으로
믿음을 가지면 안 된다.

욕심 많은 남자가 있었다. 잠을 자다 꿈에 하느님을 만났다.
그는 이때다 싶어 하느님께 부귀영화를 달라는 부탁을 하려
고 했다. 하지만 막상 말을 하자니 입이 떨어지지 않았다. 남
자가 말을 돌려 하느님께 질문을 했다.

"하느님, 하느님께 백만 년은 얼마나 긴 시간입니까?"

"백만 년은 일 분과 같지."

"그럼 천만 원은 얼마나 많은 돈입니까?"

"천만 원은 일 원과 같지."

"그럼 제게 일 원만 주세요."

"그러지. 일 분만 기다리게."

식당을 경영하는 친구가 있었다. 큰돈을 벌지는 않아도 그럭저럭 안정적으로 운영했다. 그런데 그 친구가 '도사'를 신봉하면서 일이 이상하게 흘러갔다. 직원을 뽑을 때 도사를 찾아가 지원자의 팔자를 점쳐서 '흥하다'는 판단을 들어야 채용했다. 도사가 불사를 벌이거나 업장을 없앤다고 하면 자기가 경비를 부담해 같이 외국에 나갔다. 도사에게 돈을 대는 건 물론이고 두 팔 걷어 부치고 돕는 등 도사를 향한 행동이 오체투지를 방불케 했다. 하루는 도사가 앞일을 내다 볼 줄 안다면서 나도 도사한테 가서 점을 보라고 부추겼다. 호기심이 발동한 나는 친구랑 같이 도사를 만나러 갔다.

도사는 갈색 머리에 휘황찬란한 반지를 낀 세련된 모습이라 도무지 수행하는 사람으로 보이지 않았다. 도사가 내게 이름과 생년월일을 묻더니 무슨 일이라도 난 듯 종이에 뭔가 적었다. 그러더니 자신만만하게 물었다.

"일하는 게 뭐가 잘 안 풀리지?"

"그럭저럭 괜찮아요. 저는 이 정도면 만족합니다."

"돈 잘 못 벌지?"

"돈을 많이 벌지는 않지만 지낼 만해요."

그러더니 결혼은 했는지 아이는 있는지 물었다. 나는 사실

대로 말했다.

"남편이 성격이 나쁘겠는걸."

"네? 남편은 착하기로 둘째가라면 서러운 사람이에요. 도통 화도 안 내요."

"아이에게 영아 산통이 있어. 밤에 잘 못 자고 이유 없이 울지 않아?"

내가 멋쩍게 말했다. 우리 애는 생후 한 달이 되기 전에 한 번 잠들면 아침까지 푹 자는 게 습관이 됐고 지금도 천둥이 쳐도 깨지 않는다고. 하는 말마다 부정해서 그랬을까? 그 도사는 약간 화를 내며 조급하게 물었다.

"무슨 일을 하나?"

"책을 씁니다."

"어떤 책?

"주로 에세이죠."

"사람들이 당신한테 고민 상담도 하는가?"

"독자 중에 그런 사람도 더러 있어요."

"그 사람들에게 절대 답해 주지 마! 사람들 고민을 들어주면 그들의 괴로움이 당신에게 가." 도사가 협박조로 말했다.

"그럼 어떻게 하나요?"

"나한테 보내. 내가 당신 대신 해결법을 알려 줄게."

나는 무척 황당했다. 하지만 친구 체면이 있어서 긴 말은 않고 자리를 떴다. 도사의 집에서 나오자마자 참았던 웃음이 터져 나왔다.

도사가 사실은 사기꾼이었다. 소위 영통한 도사라는 사람이 아주 간단한 도리만 알고 있었다. 인생의 어려움은 대체로 직업, 돈, 건강 가운데 하나다. 도사가 말한 '남편 성격이 안 좋다, 아이가 잘 운다.'는 어느 집에나 있는 일로 아무렇게나 말해도 맞출 수 있는 거다. 업장이나 영아 산통 같은 말로 상대방을 겁주면 두려움에 속아 넘어 가기 쉽다. 친구는 도사가 부추겨서 운을 틔워 주고 재물을 부른다는 수정도 샀다고 들었다. 다른 친구들이 아무리 말려도 듣지 않아서 다들 그녀를 포기하고 말았단다.

나는 천지신명이 있다고 믿는다. 그러나 천지신명이 사람들이 바라는 걸 다 들어주는, 예를 들어 신도가 돈을 바라면 돈을 주고, 명예를 바라면 명예를 주는 그런 명청한 분은 아닐 것 같다.

신앙이 있다고 해서 인생을 순풍에 돛 단 듯 아무 걱정 없이 살도록 만들어 주지는 않는다. 우리는 신을 믿고 의지할 수 있다. 부귀영화를 바라고 신을 믿는다면 그건 본말이 바뀐 것이다.

신앙이 우리에게 주는 것은 마음의 안정과 의지이지

조건을 걸고 교환을 하자는 게 아니다.

신을 믿으니까 부자가 될 거야, 가정이 화목할 거야,

소원이 이루어질 거야 등 믿음이 이익 교환으로 변하는 순간

믿음은 그 의미를 상실할 뿐 아니라

불순한 마음을 가진 무당이 발붙일 기회를 주는 꼴이 된다.

세계 최고 부자는?

가장 가치 있는 사람으로 꼽히는 사람은 부자가 아니라
사리사욕 없이 사회에 공헌하는 사람인 경우가 많다.

졸업을 앞둔 대학생들이 수업이 비는 시간에 미래의 직업과
진로에 대한 이야기를 나누었다. 한쪽에서 지켜보던 교수는
마음이 점점 무거워졌다. 학생들의 대화 내용을 들으니 처음
부터 끝까지 돈이 빠지는 법이 없었다. 토론이 끝나자 교수가
강단에 서서 말했다.

"내가 문제를 하나 내겠습니다. 답을 맞추는 사람은 기말고
사 점수에 20점을 더 주겠습니다." 가산점이라는 말에 재잘대
던 학생들이 순식간에 조용해졌다.

"학생 여러분, 20년 전 세계 최고 갑부는 누구였을까요?"

학생들은 너나 할 것 없이 어리둥절했다.

"교수님, 20년 전 갑부를 저희가 어떻게 알겠습니까?"

"좋습니다. 그럼 10년 전에 여러분이 제일 좋아했던 사람은 누구입니까?"

이 질문에 다들 앞다퉈 답했다. 누구는 부모라고 하고 누구는 당시 선생님이라고 하고 이웃집 누나라는 답도 있었다.

교수가 미소를 지으며 말했다.

"여러분 마음에 뭔가 느끼는 게 있을 겁니다. 사람은 모두 다르지만 내게 의미 있는 사람은 똑같습니다. 마음에 남아 있는 사람이 의미 있는 사람입니다."

전에 알던 출판사 사장이 이런 말을 했다. 채용 면접을 할 때 절대 뽑지 않는 사람이 있단다. 질문을 열심히 하긴 하는데 관심 분야가 회사의 발전 가능성이 아니라 봉급 인상은 언제인지, 복지혜택이 많은지, 야근이 잦은지를 묻는 사람이라고 했다.

구직자 입장에서는 좋은 대우를 받는 회사를 찾는 게 맞다. 하지만 고용주 입장에서는 입만 열면 돈 얘기를 하는 사람은 꺼릴 수밖에 없다. 입사 후에도 쩨쩨하게 따지지 않을까, 저런 사람을 쓰면 회사가 복잡해지지 않을까를 고려해야 하니 말이다.

혹자는 저런 질문을 하는 멍청한 지원자가 있겠느냐고 하겠지만 그런 사람이 적지 않다고 한다.

우리는 물질 만능주의 세상에서 산다. 하룻밤에 수억 원을 버는 사업가들이 연일 언론에 오르내린다. 돈이 곧 성공이라는 뜻이다. 전에 별 생각 없이 텔레비전을 보는데 인기 여자 연예인이 나와 자기의 명품지갑과 구두를 자랑하고 자기 아이들은 수업료가 몇 백만 원 하는 학원에 다닌다는 말을 늘어놓았다. 그 프로그램 진행자는 내가 전에 즐겨 읽던 책의 작가였다.

그 프로그램을 보면서 나는 기가 찼다. 저 작가는 자기 책에서는 사람들에게 자족하라고 썼으면서 텔레비전에 나와서는 사치와 과소비를 찬양하니 혹시 정신분열은 아닐까 싶었다. 저 작가는 자신의 프로그램이 철없는 청소년에게 부정적인 영향을 미칠 수 있음을 생각해 보지 않았을까? 이런 것들이 모이다 보면 사회 기강이 흔들리지 않을까?

돈이 있으면 좋은 점이 많다. 돈이 있다는 게 죄는 아니다. 그러나 돈이 결코 사회에서 최고로 꼽는, 심지어 유일한 가치 기준이 되어서는 안 된다.

개인이나 사회에서 꼽는 가장 영향력 있는 사람은 돈이 많은 사람이 아니라 사리사욕 없이 사회에 공헌하는 사람임을 명심해야 한다. 이 세상은 늘 물질을 숭배하려고 한다. 이 사회가 지금처럼 물질 숭배로 갈 것인지 아니면 다른 길로 갈 것인지는 나와 당신과 같은 개인이 어떻게 결정하느냐에 달려 있다.

20년, 30년, 50년 전 세계 최고 갑부가 누구인지
아무도 기억하지 않는다.
그러나 테레사 수녀, 간디, 슈바이처는 잊지 못한다.
시간이 흘러도 영원히 녹슬지 않는 가치는
돈이 아니라 인간의 진실함과 선함, 아름다움이다.

마무리를
잘 해야 한다

직장에서 사람들이 중요시 하는 것은 결과이지
과정이 아니다.

북쪽 마을에 바보가 살았다. 바보가 사흘 밤낮 동안 산 하나를 넘어 남쪽 마을로 여행을 왔다. 남쪽 마을에 와서 바보는 난생 처음으로 향긋하고 달콤한 '바나나'라는 과일이 있다는 걸 알았다. 맛을 보고 싶었지만 바나나가 열리는 계절이 아니라 바보는 소원을 이룰 수 없었다.

바보에게 좋은 생각이 떠올랐다. 바나나를 먹을 수는 없지만 바나나 묘목을 고향에 가져가 심으면 해마다 바나나가 열릴 테니 그게 더 좋겠다 싶었다.

마침내 바보가 바나나 묘목을 줄 농부를 만났다. 바보는 바로 고향으로 돌아가려고 발걸음을 돌리다 느닷없이 멈췄다. 아무래도 신중하게 하는 게 좋겠단 생각에 농부에게 물었다. "난 바나나를 본 적도 없고 먹어본 적도 없는데 바나나라는 게 대체 어떻게 생긴 과일입니까?" 농부가 말했다. "바나나는 길쭉하고 구부러졌고 노란색이지."

바보는 흡족해서 사흘 밤낮을 걸어 고향으로 돌아왔다. 바보는 바나나 묘목을 마당에 심고 매일 물과 비료를 주면서 바나나 열릴 날을 기다리며 정성스럽게 키웠다.

바나나 나무가 하루가 다르게 쑥쑥 자라더니 드디어 커다란 바나나 송이가 열렸다. 바나나는 남쪽 마을 사람들 말처럼 길쭉하고 구부러졌고 노란색이었다.

바보는 의기양양해서 마을 사람들을 불러 모아 사람들에게 바나나를 한 개씩 나눠 주고 맛을 보라고 했다. 그런데 모두 한입 베어 물더니 그 자리에서 뱉어 버렸다.

"이거야 뭐, 고무 같아서 씹을 수가 없구먼." 다른 사람이 조롱하며 말했다. "자네가 속은 거야. 이런 걸 어떻게 먹어?"

바보네 동네 사람들은 바나나는 껍질을 벗겨서 먹어야 한다는 걸 몰랐다. 껍질째 깨물어 씹었으니 목구멍으로 넘어갈 리가 없었다. 바보는 체면이 깎인 게 부끄럽고 분한 나머지 바나나 나무를 다 베어 버렸다.

전하는 바로는 수십 년이 흘러 나이가 지긋해진 바보가 달을 볼 때마다 손자에게 이런 말을 했다고 한다.

"달은 길고 구부러졌고 노란색이지. 바나나도 기다랗고 구부러졌고 노란색이란다. 잊지 말거라. 무릇 기다랗고 구부러지고 노란 물건은 먹을 수 없는 물건이란다."

이야기 속의 바보는 몇 년 동안 심혈을 기울여 바나나 나무를 길러 어렵사리 결실을 맺었지만 바나나가 껍질을 벗겨 먹는다는 걸 몰랐기 때문에 몹시 화가 났고 그동안 노력도 물거품으로 돌아가고 말았다.

현실에서도 어떤 사람은 뼈 빠지게 뭔가를 하지만 무슨 일이든 끝까지 하지 않아서 성공을 앞두고 일을 그르치거나 아무 일도 이루지 못한다.

전에 잡지사에서 근무했을 때 잡지에 만화를 실어야 해서 삽화가를 찾아 의뢰했다. 삽화가의 초고를 본 편집부에서 매우 만족해서 그의 작품을 싣기로 했는데 마감일이 하루 이틀 지나도 삽화가와 통화도 안 되고 이메일 회신도 없었다. 잡지 발행일이 다가오는 바람에 하는 수 없이 급하게 다른 삽화가를 찾아 그림을 받았다. 그런데 며칠 후 종적을 감췄던 삽화가가 느닷없이 나타났다. 그는 자기 일을 다른 사람에게 맡겼다고 불같이 화를 내며 말했다.

"아무리 초고라도 4~5일은 걸리는데 당신들 때문에 내 공이 헛수고가 되어 버렸잖소."

내가 잡지는 날짜를 맞춰야 하는데 당신 만화를 싣기 위해 수많은 독자들을 기다리게 할 수는 없는 거라 했지만 그는 계속해서 자기가 헛수고를 했다고 투덜거렸다. 따지고 보면 일을 그르친 사람은 다름 아닌 삽화가 자신이었는데 말이다.

잔혹하게 들릴지 모르지만 직장에서 사람들이 중시하는 것은 '결과'지 '과정'이 아니다. 남들이 만족할 결과를 내놓지 않으면 그걸 하는 과정에서 아무리 애를 썼다 해도 어느 누구도 인정하지 않을 것이다.

당신이 하던 일을 끝까지 마치지 않으면 중간까지 아무리 잘 했다 해도 아무 의미가 없다.

무슨 일이든 끝까지 마쳐야
잘 했다는 평가를 받는다.
일을 할 때는 사명감을 갖고 끝까지 해라.
그래야 당신의 직장 생활이 미완성 초고로 남지 않는다.

당신을 도울 사람은
당신뿐이다

당신이 백기를 들고 투항하며
"난 못 해, 도무지 방법이 없어."라고 한다면
누가 당신을 도울 수 있을까.

한 여인이 선사에게 말했다. "스님, 마음속에 있는 사람을 도저히 내려놓을 수 없어요." 선사가 답했다. "내려놓지 못할 것은 없습니다." 하지만 여인이 강하게 우겼다.

"아니에요. 다른 사람은 다 내려놓아도 이 사람만은 내려놓지 못하겠어요."

선사는 더 이상 말을 하지 않았다. 그저 잠자코 여인에게 찻잔을 건네고 차를 따랐다. 선사가 하염없이 차를 따라서 찻물이 넘쳐 흘러 펄펄 끓는 물이 여인의 손으로 흘렀다.

여인은 너무 뜨거워서 찻잔에서 손을 뗐고 찻잔은 바닥에 떨어져 산산조각이 났다. 여인이 의아한 표정으로 선사를 바라봤다. 선사가 웃으며 말했다. "내려놓지 못할 것은 없습니다. 아프면 내려놓을 수밖에 없죠."

뜨거운 물건이 닿으면 곧바로 피하는 게 생물의 본능이다. 하지만 인간에게는 한 가지 예외가 있다. 마음에 화상을 입은 것 같은 느낌을 받았을 때 재빨리 피하기는커녕 마음속에 감싸 안고 버리지 못하는 경우가 그렇다. 그래서 나는 선사의 말이 한편으로는 맞지만 어떻게 보면 틀렸다고 본다. 이런 모순은 사람들이 연애하면서 느끼는 감정과 비슷하지 않을까? '나도 다 아는데 그렇게는 못하겠어.'

어느 여성 독자가 편지를 여러 통 보내왔다. 그는 편지에 사랑하지 말아야 할 사람과 사랑에 빠졌노라고 썼다. 상대 남자는 이미 결혼을 했지만 그녀는 남자를 포기하지 못하고 애정의 늪에 빠져 매우 괴로워했다. 몇 년을 그렇게 살다 보니 여자는 말라깽이가 되었고 엎친 데 덮친 격으로 우울증으로 직장도 그만뒀다고 했다.

편지를 다 읽고 나서 나는 한참을 생각했지만 어떻게 답장을 써야 할지 알 수 없었다. 결국 자기를 사랑하고 기운을 내라고 적었다. 편지를 쓰면서도 내 편지가 순간의 위로밖에 되지 못한다는 것을 알았다. 솔직히 말하면 내가 쓴 글도 모두 부질없는 얘기일 뿐이다. 그렇다면 나는 그에게 뭐라고 말해야 할까? 편지에서 짐작컨대 그는 어떻게 해야 할지 잘 알면서도 자기 생각대로 하지 못하고 있었다. 그 사람과는 잘 될 수가 없고 부적절한 관계로 인해 상대방의 아내와 아이에게도 피해를 준다는 것도 알고 있다. 자신이 그러면 안 된다는 것을 알면서도 자기 감정에 빠져 아무것도 못 했다. 식구들과 친구들이 모두 포기하라고 해도 그는 헤어나지 못했다.

이런 일은 마약 중독자에게도 적지 않게 나타난다. 마약이 나쁘다는 것을 알면서도 빠져나오지 못한다. 강제로 끊었다 해도 여전히 마약에 다시 손을 대고픈 마음이 강렬하다. 이럴 경우 자원봉사자와 의료진이 아무리 옆에서 도와주더라도 결국 두 손을 들 수밖에 없다. 사랑만으로 사람을 도울 수 없는 일이다.

나는 마음에 근심이 가득 차고 감정을 추스르기 힘든 상황이 닥치면 가장 먼저 나에게 스스로 최면 걸기를 멈춘다. '방법이 없잖아. 내가 해낼 수 없어.'라는 말을 절대 하지 않는다. 만약 불가능하다고, 방법이 없다고 내가 백기를 들고 투항한다면 누가 나를 도울 수 있겠는가!

도저히 돌이킬 수 없는 지점에 다다르거나 마음이 너무 복잡해서 갈피를 잡을 수 없다면 잘 드는 칼로 삼베를 자르듯, 일단 고통을 가라앉히고 나서 되새기는 것 말고는 다른 방법이 없다. 스스로 '아무래도 안 돼.'라고 하는 건 상처를 더 오래가게 할 뿐이다. 우리가 스스로 헤쳐 나가려 하지 않으면 누구도 고통에서 우리를 꺼내 줄 수 없다. 스스로 해결할 마음이 없다면 아무도 고통을 없애 주지 못한다.

감정의 늪에 빠졌을 때 우리를 구할 수 있는 사람은
다른 사람이 아니라 나 자신이다.
혹시 스스로 '내려놓지 못 해'라고 최면을 걸고 있다면
'방법이 없어, 내려놓아야 해.'에 마음을 집중하라.

부처님과
계산하다

다른 사람에게 잘 하고 나서 고마워하라고 강요하지 말라.
흘려보낸 물은 다시 돌아오지 않는다.

온갖 보석으로 치장한 남자가 거들먹거리며 주지에게 말했다.
"스님, 내가 오늘 금 20냥을 공양했다는 소식 들었소?" "들었
습니다." 주지가 답했다. "그런데 나한테 고맙다는 말도 안 하
는 거요?" 부자가 거만하게 말했다.

　"그 돈을 제게 준 게 아니라 부처님께 공양했는데 제가 왜
당신께 고맙다는 인사를 해야 합니까?" 주지가 반문했다. 부자
는 순간 말문이 막히고 얼굴을 들 수 없었다. 부자가 주절주절
말했다. "어쨌든 나는 부처님이든 당신이든 간에 고맙다는 말
만 들으면 그만이오."

"그럼 제가 부처님을 대신해 고맙다고 하겠습니다." 주지가 한 마디 덧붙였다. "그런데 말입니다. 이번 공양이 공덕은 되지 못합니다."

"그게 무슨 소리요? 내가 그렇게 큰돈을 공양했는데." 남자가 벌컥 화를 냈다. 주지가 느릿느릿 말했다. "당신은 보시를 거래로 보고 돈을 드린 대신 감사 인사를 받아가지 않았습니까? 가져갔으니 부처님과 계산이 다 끝난 것이죠. 이제 와서 공덕을 바래서는 아니 되죠."

남에게 잘 하기를 둘째가라면 서러운 여자가 있었다. 가족 중 누가 아기를 낳으면 반드시 과일과 축하금을 보냈다. 친척 중에 어려운 사람이 있으면 바로 돈을 보내 줬다. 누가 병이라도 나면 인맥을 동원해 명의를 찾아내 진찰을 받도록 했다.

그렇게 좋은 일을 하는 사람이면 다들 좋아해야 인지상정이지만 실은 모두 그녀를 껄끄럽게 생각했다. 그녀는 자기가 좋은 일을 한다는 걸 빌미로 다른 사람을 힘들게 하는 나쁜 습관이 있었다. 누가 조금이라도 그의 뜻대로 하지 않으면 바로 말을 바꾸고 과거 일을 들추며 상대를 나무랐다. "내가 전에 너한테 얼마나 잘 해줬는데 벌써 잊었어? 내가 이것도 주고 저것도 줬는데 은혜도 모르고 나한테 이럴 수 있어?"

가장 황당한 일은 이사한 친척에게 상대가 사양하는데도 굳이 에어컨을 선물했다가 나중에 그 친척과 작은 말다툼이 났을 때 일어났다. 여자가 느닷없이 에어컨 값을 도로 내놓으라고 한 것이다. 결국 아무도 그의 호의를 받지 않으려 했고 그 사람 이야기만 나오면 고개를 내저으며 약도 없다고들 했다.

이런 사람을 상대하자면 무척 피곤하다. 하지만 가장 불쌍한 사람은 당사자다. 자기가 남에게 잘 해준 것을 계속 기억하고 있다가 남이 자기한테 잘못하거나 조금이라도 자기 눈에 거슬리면 온 세상이 자기한테 미안해 해야 한다고 생각하니 하루라도 즐겁게 지낼 리가 없다.

우리 일상생활에서 불쾌하게 느끼는 일들 대부분이 이런 마음가짐 때문에 생기는 게 아닐까? 아내가 남편을 위해 밥을 하는데 남편은 무뚝뚝하다, 남편은 아내를 위해 돈을 버는데 아내가 고마운 줄 모른다, 부모가 자식을 위해 몸이 부서져라 일을 하는데 자식은 은혜에 감사할 생각도 없다, 직원은 사장을 위해 일하는데 사장은 보답도 없다!

우리는 도대체 자기를 위해서 일하는가 아니면 다른 사람을 위해 일하는가? 다시 돌아가서 남이 우리에게 자기를 위해 뭘 해 달라고 강요한 적이 있는가? 그렇지 않다면 우리가 하고 싶어서 일을 해 놓고 불평을 하고 보답을 바라는 건 이상하지 않은가? 무슨 근거로 보답을 바라는가?

할 만한 가치가 없고 하고 싶지 않은 일이라면 그 일을 하지 말라. 그렇지 않으면 일을 다 하고 나서도 불평이 끊이지 않는다. 그래도 하겠다면 기쁜 마음으로 하라. 내가 이 일을 해서 얼마나 보답을 받을지 가늠하지 말라. 사람들은 곧잘 '내가 좋아서 기꺼이 수고한다'라고 하는데 이 말이야말로 다른 이를 놓아 주고 자기를 용서하는 최상의 방법이다.

당신이 누군가에게 잘 해주고 싶다면 그렇게 하라!
하지만 당신이 한 일을 구실로
다른 사람을 구속하거나 대가를 바라지 말라.
그런 마음을 가지는 순간 당신은 불쾌해지고
온 세상이 자기에게 미안해 해야 한다는 오해를 하게 된다.

수면제는
누가 먹어야 하나

사람은 누구나 세상을 바꾸고 싶어 하는 반면에
자기를 바꾸겠다고 생각하는 사람은 반도 안 된다.

어떤 동네에 난데없이 고양이가 나타났다. 처음에는 한두 마
리가 모이더니 숫자가 점점 늘어나 무리를 이뤘다. 거기다 밤
마다 쉬지 않고 울어 대는 통에 근처에 사는 남자가 도무지 잠
을 잘 수 없었다. 시간이 점점 길어지자 참다못한 남자가 의사
를 찾아갔다.

의사는 남자 말을 다 듣고 나서 강한 수면제를 처방했다. 의
사가 자신만만하게 말했다. "이 약은 효과가 아주 좋습니다.
집에 가서 약 드시고 두 주 후에 다시 오십시오."

두 주 후에 남자가 병원에 나타났다. 그런데 지난 번보다 더

맥이 없고 다크서클도 더 진해졌다. 의사가 이해가 안 된다는 얼굴로 물었다. "이게 어떻게 된 일이죠? 수면제가 효과가 없었나요?"

남자가 말했다. "솔직히 수면제 효과가 어땠는지 정말 모르겠습니다. 저녁마다 고양이를 잡으러 다녔습니다. 간신히 한 마리 잡긴 했는데 당최 수면제를 먹으려 들지를 않아서요."

전에 젊은 여자 독자가 나한테 이런 편지를 보내왔다. 내 책을 읽고 동감하는 바가 있어 남편에게 보여 줬단다. 남편은 책이라곤 거들떠보지도 않는 사람이라 그저 하루에 한 편만 읽으라고 했다. 남편이 어렵사리 책을 다 읽긴 했으나 책을 보기 전과 한 치도 달라진 게 없었다. 여전히 게으르고 칠칠치 못해서 기가 막혀 죽을 것 같다고 했다. 도대체 어떻게 해야 남편이 달라지겠냐고 물어 왔다.

위의 이야기와 고양이에게 수면제를 먹이는 일은 일맥상통하는 부분이 있다. 남편이 책 한 권을 읽고 나서 뭔가를 깨닫고 심지어 변하기까지 한다면 당연히 기쁜 일이다. 하지만 그 독자가 썼듯이 남편은 애초에 책 읽는 것을 싫어한다. 아내 때문에 책을 억지로 읽고 이제부터 환골탈태하라고 하면 이는 결코 쉬운 일이 아니다.

원래는 즐거운 책 읽기가 부부 싸움의 도화선이 되었으니 본말이 전도된 게 아닌가. 이 집에서 달라져야 할 사람은 남편이 아니라 아내가 아닐까?

　따지고 보면 당사자가 변할 의지가 없는데 남을 위해 달라지는 경우는 없다. '달라진다'는 건 차근차근 타일러서 될 수도 있고 어느 순간 확 변할 수도 있다. 또 아무리 강요해도 결코 바뀌지 않는 경우도 있다.

　설령 당신이 완전히 달라진 경험이 있다 하더라도 자기만 느끼지 주변에서는 알아채지 못하는 경우가 있다. 당신에게는 효과 만점이었던 방법이 상대에게는 무용지물일 수도 있다.

　이런 점을 이해하고 마음의 여유를 가져라. 남을 바꾸려고 용을 쓰는 것보다 자기 마음을 정돈하는 게 낫다. 자신이 바뀌면 일을 하는 방식과 생각하는 방식도 함께 달라지며 인간관계도 달라질 것이다. 변화는 종종 우리가 예상하지 못하는 순간에 일어난다.

남을 바꾸는 것보다 자기를 바꾸는 게 훨씬 쉽다.
당신이 사람을 한층 성장시킬 좋은 방법을 알고 있다 해도
당신에게만 적용될 뿐 다른 사람에게는
소용없는 방법일 수도 있다.
억지로 강요하면 부작용만 생긴다.
서서히 바꿔 나가다 보면 적은 노력으로큰 효과를 거둘 수 있다.

나에게도
자비롭게 하라

자기에게 자비로운 사람이 다른 사람에게도 자비롭다.

살림살이가 넉넉하고 마음씨 착한 부인이 있었다. 부인은 어려운 처지의 사람을 보면 두말 않고 도왔다. 그 마을에 돈이 없어서 학교를 못 가는 아이, 가난해서 배를 곯는 이, 치료를 못 받는 사람이 없는 까닭은 다 부인이 있기 때문이었다. 그래서 사람들은 부인을 어려움에서 구해 주는 사람이라고 생각했다.

하지만 가난하고 병들고 고통 받는 이를 볼수록 이 부인은 심란하기만 했다. 어느 날 저녁이었다. 일을 마치고 자리에 누웠는데 문득 이런 생각이 들었다. '아, 이 세상에 도와야 할 사람은 이렇게 많은데 나 혼자 힘으로는 죽을 때까지 해도 끝이 없을 거야.' 그날부터 부인은 매일 밤마다 잠을 이루지 못했다. 그러다 동이 트면 벌떡 일어나 사람들을 도우러 나갔다. 시간이 갈수록 부인은 수척해졌고 몸과 마음의 병으로 나중에는 도저히 견딜 수 없게 되었다.

어느 날 그녀가 고승을 찾아가 자기 고민을 털어놓았다. 고승은 말을 다 듣고 이렇게 말했다.

"당신의 고민을 해결하려면 자비심을 가져야겠습니다."

그 말을 듣고 부인은 멍해졌다. "스님, 제가 자비심이 부족하단 말씀이세요? 어려운 사람을 돕느라 제가 가진 힘을 다 써서 이제는 더 쓸 기운도 없을 정도인걸요."

"그 말이 아닙니다. 한 사람에게 자비로운 마음을 잊었습니다. 그 자비만 있으면 당신은 괴로움에서 벗어나 즐겁게 지낼 수 있을 겁니다." 고승이 말했다.

"부처님께 공양하라는 말씀인가요?"

"아닙니다."

"그럼, 스님을 찾아뵈라는 말씀인가요?"

"아닙니다." 고승이 인자하게 미소를 지으며 부인을 바라봤다. "부인께서 가장 자비심을 발휘할 대상은 바로 부인입니다."

이야기 속의 부인은 다른 사람을 돕는 데는 누구보다 열심이었지만 가장 중요한 사람인 자기 자신을 잊고 있었다.

'자신에게 잘 하라'는 말은 이기적으로 살라는 뜻이 아니라

영양이 풍부한 음식을 먹고 쉬기도 하면서 마음을 평화롭게 가지라는 뜻이다. 그렇게 해야 다른 일도 많이 하고 남을 도울 수도 있다.

애정이 넘치는 여성이 자기 아파트에서 길 잃은 고양이와 강아지 서른 마리를 돌보았다. 이웃 사람들이 냄새와 소음을 참지 못해 여러 번 항의하고 그 사람을 이사 보내자고 서명운동까지 벌였다. 여성은 이웃의 성화를 이기지 못하고 동물보호소에 연락했다. 봉사자 한 무리가 그의 집을 말끔히 청소했다. 그리고 다시는 고양이와 강아지를 집에 데려오지 말라고 했다. 봉사자의 말에 사랑이 넘치는 여성은 적잖이 억울했다. "난 그저 길 잃은 동물을 도왔을 뿐인데 내가 뭘 잘못했단 말입니까?"

물론 사랑하는 마음이 잘못된 것은 아니다. 부인은 자기 몸 뉘일 자리조차 없는 좁은 아파트에 개와 고양이가 움직일 공간이 없다는 걸 고려하지 못했다. 게다가 벌이가 신통치 않아 자기 배도 주리면서 무슨 돈이 있어서 사료를 사며, 비싼 치료비는 어떻게 감당하겠는가?

마침내 사랑 많은 여성은 봉사자의 의견을 받아들여 집에 있던 고양이와 강아지를 다른 사람들이 나눠서 돌보고 자기 집에는 강아지 두 마리만 남기기로 했다. 몇 달이 지나 봉사자들이 다시 그 집에 가 보니 집 안이 깨끗하게 바뀌었고 부인 얼굴에도 웃음이 피어 있었다. 이웃들도 더 이상 싫은 소리를 하지 않았다. 강아지들은 잘 먹고 놀 공간이 넓어져서 몸과 마음이 훨씬 건강해졌다. 다른 곳에 간 동물들도 모두 새로운 주인을 만나서 이 이야기는 해피엔딩으로 막을 내렸다.

어떻게 해서라도 극단적인 사람이 되는 일은 막아야 한다. 어떤 사람들은 언제나 자신은 가진 게 적어 다른 사람을 도울 여력이 없다고 한다. 또 다른 사람은 가진 게 많건 적건 상관없이 쉬지 않고 주고 또 준다. 이 두 가지 태도는 모두 고쳐야 한다.

다른 사람에게 자비롭지 못한 사람과 자신에게 자비롭지 못한 사람, 두 경우 모두 삶을 진정으로 즐길 수 없다.

남에게 헌신하는 것은 위대하다.
그러나 남에게 자비로우면서
자신에게도 자비로워야 함을 잊지 말자.
그래야 정신과 육체가 모두 충만해지고
더 많은 일을 할 수 있다.

Part III

나,

문턱을
넘어 가다

익숙한 곳에서는
풍경이 보이지 않는다

보는 법을 배워야 느낄 수 있다.

유엔에서 대규모 여름 캠프를 개최했다. 참가자는 세계 여러 나라 어린이들이었다. 각국 어린이들의 집에 대한 생각을 알아보기 위해 아이들에게 '내가 생각하는 가장 좋은 집'에 대해 글을 쓰라고 했다.

열대지방에 사는 어린이는 '우리나라에도 눈이 내려서 눈싸움을 해 보고 싶다.'라고 썼다. 추운 지방에 사는 친구는 '우리나라도 날씨가 따뜻해서 등산을 하면 좋겠다.'라고 썼다. 대륙 한가운데 사는 어린이는 '우리나라가 좀 작아서 매일 바다를 볼 수 있으면 좋겠다.'라고 적었다. 섬나라에 사는 어린이는 '우리나라 땅이 넓어서 여기저기 여행을 다니고 싶다.'라고 적었다. 캠프 진행자들은 아이들의 천진함이 그대로 드러난 글을 읽으며 빙긋이 웃었다.

친구 중에 산에 사는 친구가 있다. 친구 집에 놀러갔을 때 대자연에 둘러싸여 있는 그의 집이 무척 마음에 들었다.

"여기는 나무도 있고 새도 있고, 진짜 좋겠다."

"좋긴 뭐가 좋아." 친구는 내 말에 반박했다. "산이라 모기가 얼마나 많은데. 온갖 벌레들이 다 들어와서 아주 미치겠어." 그가 좀 생각하다 말했다.

"넌 해변에 살아서 좋지 않니? 만날 넓디넓은 바다를 보면 기분이 나빠질 틈이 없겠다."

"그렇게 좋진 않아. 해변이라 습해서 곰팡이가 생기고 염분 때문에 가전제품이 금방 못 쓰게 돼 버리거든."

말을 마치고 우리는 서로를 쳐다보며 깔깔 웃었다.

그렇다. '익숙한 곳에는 풍경이 없다'라는 말이 딱 맞다. 살다가 놓쳐 버린 풍경이 있는지 생각해 보았는가? 우리가 가장 하찮게 여기는 풍경이 바로 우리의 행복이 아닐까?

요양원에서 봉사하는 친구를 도우러 갔다가 매우 감동적인 경험을 했다. 그 요양원에는 중증 뇌성마비 환자가 대다수인데 평생 병상에 누워 있기만 하는 신세였다. 그들은 말로 의사표현도 못하고 몸을 움직이지도 못한 채 비강영양튜브(코에서 위로 연결하는 관 – 역주)에 의존해 살았다.

요양원에 있는 환자들을 보고 난 적잖은 충격을 받았다. 그런 나를 더 놀라게 한 것은 친구의 말이었다.

"이 사람들 나이가 서른이나 마흔 정도일 거야. 그런데 몇 살에 요양원에 들어온 줄 아니? 아마 서너 살일걸. 여기서 몇 십 년을 지낸 거지. 이 사람들이 평생 제일 많이 본 건 병상 위 천장이야."

그 말을 듣고 나서 나는 진심으로 내 인생에 불만을 가질 자격이 없다고 느꼈다.

사실 평범하고 성실하게 사는 것이야 말로 행복이다. 식구들이 다 함께 사는 것도 행복이다. 직업이 있고 꿈이 있고 살면서 느끼는 작은 즐거움도 행복이다.

내게 부족한 게 무엇인지 따지면 결코 행복하지 않다. 내가 가진 게 무엇인지 세세하게 헤아리면 얼마나 행복한지 느낄 수 있다. 행복은 언제 어디에나 있다. 전제는 우리가 그것을 볼 줄 알아야 한다는 것이다.

익숙한 곳에는 풍경이 없다.
행복은 늘 곁에 있지만
우리가 보고도 알지 못한다.
우리가 갖고 있는 자그마한 것들이
쌓여서 행복을 이룬다.

돌을 쪼개는 비결

성공의 관건은 목표를 달성할 때 울리는 일격이 아니라
셀 수 없이 쌓인 실패 경험이다.

한 젊은이가 천신만고 끝에 창업을 해서 밤을 세고 일했다. 하지만 사업은 실패로 끝났고 금전적인 손해도 적잖게 봤다. 그는 의기소침해진 나머지 꽤 오랫동안 일어서지 못하고 있었다.

어느 날 기분 전환도 할 겸 산책을 나갔다. 석재 공장을 지나는데 석공이 돌을 자르고 있었다. 그 방법이 하도 신기해서 젊은이는 걸음을 멈추고 한참을 바라봤다.

백발이 성성한 석공이 벽돌만 한 돌에 망치를 들이대고 가볍게 한 번 쳤다. 그랬더니 돌이 반으로 쫙 쪼개졌다. 석공이 다른 돌을 들고 다시 쳤다. 그 돌도 그대로 쪼개졌다. 젊은이 눈에는 석공이 재를 불어 날릴 만큼 작은 힘으로 돌을 쪼개는 것 같았다. 젊은이가 석공에게 다가갔다.

"어르신, 연세도 있는 것 같은데 힘이 대단하십니다. 혹시 원래 힘이 장사입니까, 아니면 불가사의한 신통력이라도 갖고 계십니까?"

석공이 말을 다 듣고 껄껄 웃었다. "젊은이, 난 그저 보통사람이라오." 그가 돌을 들어 젊은이 앞에 내밀고 자세히 보라고 했다.

젊은이는 그제야 언뜻 봐서는 완벽해 보이는 돌덩이에 미리 쪼아 놓은 작은 구멍이 여러 개 있음을 알았다. 구멍이 어찌나 촘촘한지 시간을 꽤 많이 들인 것 같았다. 한 번만 치면 돌멩이가 쫙 쪼개지는 게 당연했다.

석공은 젊은이의 마음을 꿰뚫어 보았다는 듯 미소를 짓고 말했다. "한 번 쳐서 돌멩이가 갈라진 게 아니라오. 갈라지지 않은 100번이 있었기에 가능했던 것이오."

성공한 사람을 보면 하늘이 특별히 그 사람을 사랑해서 한 번에 사람들을 놀라게 할 일을 했다고 오해하곤 한다. 오리가 수면 아래서 쉬지 않고 발을 놀리듯 그들이 상당히 오랫동안 묵묵히 노력했다는 것을 알지 못한다. 성공의 관건은 목표를 이룬 한 방이 아니라 실패처럼 보이는 수없이 많은 경험이 쌓인 것이다.

내 친구는 어릴 때 공부는 잘 못했지만 자연에 관심이 많아서 하루 종일 산에서 뛰어다녔다. 수학은 형편없었고 영어도 변변찮았다. 그러나 온갖 종류의 새와 곤충, 식물의 이름과 특징은 속속들이 꿰고 있었다. 실업계 고등학교를 졸업하고 나서 그는 자기에게 가장 적합한 직업이 생태연구직임을 알았다. 하지만 그의 학력으로는 어림없는 일이었다. 그래서 친구는 일단 병역을 마친 다음 몇 년 동안 열심히 일해 돈을 모았다. 그러더니 학원에 등록해 대입시험 공부를 했다.

당시 그는 이미 서른이 다 되었다. 그때까지 제대로 공부를 해 본 적도 없었고 기억력도 십대만 못했으니 그가 얼마나 고생했을지는 상상하기도 힘들다. 그는 일과 공부를 병행하며 시험을 봤는데 첫 번째 시험에서 불합격했다. 두 번째도 낙방이었다. 세 번째 시험도 떨어졌다. 결국 그는 대입 시험을 다섯 번 치르고 나서야 목표했던 모 대학 생물학과에 합격했다. 대학 졸업 후 석, 박사 과정을 마치고 지금은 대만에서 첫손가락에 꼽히는 조류학자가 되었다. 그는 중요한 연구를 진행하고 논문도 여러 편 발표했다.

나는 친구의 이야기에 무척 감동을 받았다. 대입시험에서 한 번 떨어져도 견디기 힘든데 두 번, 세 번 연달아 낙방했으니 마음이 오죽했을까. 친구로 하여금 계속 도전하게 만든 동기는 무엇이었을까? 나는 목표를 향한 집념이라고 생각한다.

정한 목표를 단숨에 성공한다면 행운이다. 그러나 이런 행운을 누리는 사람은 매우 적다.

어린 시절 자전거를 처음 배울 때가 기억나는가? 우리는 줄곧 넘어지면서 자전거를 잘 타는 아이들을 부러워했다. 한번쯤 마음속으로 이러다 영원히 자전거를 배우지 못하는 것은 아닐까 하는 마음이 들기도 한다. 그런 마음을 누르고 계속 넘어지고 일어나기를 반복하며 페달을 밟다 보면 어느새 자전거를 탈 수 있게 된다.

이상을 좇는 과정도 이와 같다. 부단히 연습해야 성공할 수 있다.

돌을 쪼개는 비법은 한차례 세게 치는 게 아니다.
그 전에 만들어 놓은 실패처럼 보이는
수천 번의 망치질로 쪼개진 것이다.
인생의 목표를 좇는 것도 돌을 깨는 것과 마찬가지다.
우리가 실패 가운데서 무엇인가를 배운다면
실패 역시 성공의 주춧돌이 되는 것이다.

말로 해도 될 일에
욕하지 말라

**될 수 있으면 화내지 말고 아이들에게 친절하게 대하고
가정에 잘 하는 게 당신에게도 득이다.**

세 살짜리 여자아이가 숟가락으로 밥을 먹는다. 옆에서 보는
아빠는 점점 더 화가 났다. 딸이 여기저기 한눈을 팔거나 장난
감을 만지작거리며 한 시간이 넘도록 밥을 먹고 있는 거다. 아
빠는 더 이상 화를 참지 못하고 결국 소리를 질렀다.

"애야, 넌 어째서 만날 아빠를 화나게 하느냐?"

딸이 입을 비죽거리며 아무렇지도 않게 말했다.

"그럼 아빠는 왜 만날 저한테 화를 내세요?"

친구가 들려준 그 집 부녀간의 대화를 듣고 웃다가 딸의 말
에 철학이 담겨 있다고 느꼈다.

다른 친구네 집에 놀러 갔을 때 중학생인 친구의 아들이 식탁에 앉아 있었다. 아들이 피자를 먹으려고 손을 뻗는 순간 친구가 전기에 감전되기라도 한 것처럼 소리를 질렀다.

"너, 지금 손도 씻지 않고 먹으려고? 더러워 죽겠네. 어서 손 씻고 와!"

친구가 이렇게 소리를 지르자 화기애애하던 밥상 분위기가 순식간에 차갑게 식었다. 손님들은 난처해서 몸 둘 바를 모르고 아이는 아이대로 체면이 깎여서 밥 먹는 내내 단 한 마디도 하지 않았다.

손 씻는 건 물론 중요하다. 하지만 밥상에 찬물을 끼얹을 정도로 중요할까? 아이가 무안해서 쥐구멍에라도 들어가고 싶게 만들 정도로?

밥을 먹고 나서 친구는 아들이 밥상 치우는 것도 도울 줄 모르네, 손님에게 음료도 따라 주지 않네 하며 흉을 봤다. 아이는 화가 나서 제 방으로 들어가더니 다시는 나오지 않았다. 친구는 아이가 반항하고 말도 안 듣고 철이 들려면 멀었다고 험담했다.

나는 진심으로 친구 아들이 불쌍했다. 엄마는 아침부터 저녁까지 사소한 일로 아이를 나무란다. 집안 분위기는 험악해지고 아이는 집에서 숨 한 번 마음대로 쉬지 못하니 모자 관계가 화약고 같아진 게 당연했다.

전에 걱정이 많은 학부형이 나에게 이런 편지를 보냈다.

"아이가 공부를 싫어해요. 제가 책을 무척 많이 사 줬는데 보지도 않네요. 야단을 쳐도 소용이 없어요."

아이가 공부를 싫어하는 건 안타까운 일이지만 그게 야단칠 일일까? 지금 공부를 싫어한다고 나중에도 공부를 싫어한다는 법은 없지 않은가? 더군다나 부모가 야단을 칠수록 아이는 공부를 더 두려워하게 될 것이다.

반대의 경우도 있다. 독일 친구가 유치원생 딸과 함께 대만 여행을 왔다. 나는 친구와 딸을 데리고 음식점에 갔다. 여느 아이들처럼 친구의 딸도 음식점에 가더니 흥분한 나머지 목소리가 점점 커졌다.

친구는 고개를 숙이고 딸에게 소곤소곤 말했다. "네 목소리가 너무 커. 작게 말해야겠다. 다른 사람들한테 방해가 되겠어." 아이가 목소리를 낮추자 그는 잊어버리지 않고 아이에게 말했다. "네가 도와줘서 고맙구나." 어린 아이라도 성인처럼 대하고 존중한 것이다.

나는 친구가 몸으로 보여준 교육이 딸에게 영향을 미쳤을 거라 믿는다. 내가 아이에게 외투를 건네주자 웃으면서 "아주머니, 고맙습니다."라고 예의 바르게 인사했다.

아이를 제대로 가르치는 건 당연한 일이다. 하지만 성숙하고 교양 있게 할 수는 없을까? 당신은 혹시 친한 친구에게 툭

하면 화를 내는가? 아니라고 한다면 어째서 당신의 아이에게
는 걸핏하면 화를 내는가? 말로 하면 될 일에 될 수 있으면 화
를 내지 말라. 그게 아이에게도 좋고 가정에도 이로우며 당신
에게는 더욱 좋다.

아이를 가르치되 존중하라.
아이는 당신 자식이지만 독립된 인격체이다.
아이도 체면이 있고 존중받아야 한다.
말로 해도 되는 일에 화 내지 말라.

나는
그리 중요하지 않다

자기를 조금 줄이면 사는 게 훨씬 즐거워진다.

국제도서전시회에서 작가 두 사람이 동시에 사인 행사를 했다. 두 사람 중 세계적으로 유명한 작가가 높다란 무대에서 독자들에게 사인을 하고 있었다. 사인을 받으려고 길게 줄을 선 사람들은 흥분과 기대가 가득한 표정이었다. 자기를 좋아하는 독자가 이렇게 많다는 사실에 작가는 매우 만족스러웠다.

그러다가 예닐곱 살 남짓한 소녀가 사인을 받을 차례가 되었다. 소녀는 부끄러운 듯 미소를 지으며 공책과 연필을 건넸다. 소녀가 멋쩍게 말했다. "저는 연필 한 자루밖에 없어요. 이걸로 사인을 해 주시겠어요?"

"그럼, 해 주고말고." 대작가가 다른 때보다 더 온화한 미소를 지으며 커다랗게 사인을 했다.

그런데 사인을 본 소녀의 얼굴이 일그러지더니 이렇게 물었다. "어? 만화가 아무개가 아니에요?"

"아니란다." 작가가 난처해했다. "그 만화가는 저기 다른 곳에서 사인회를 하는데 네가 잘못 왔구나."

"아!" 소녀는 주머니에서 지우개를 꺼내 작가의 서명을 싹싹 지우고 아무 일도 없었다는 듯 그 자리를 떠났다.

몇 년이 지났지만 작가는 지금도 그 소녀를 기억하고 있다. 그는 종종 그 이야기를 하면서 소녀 덕에 자신은 평생 잊지 못할 소중한 기억을 갖게 되었다고 했다. 그건 바로 '내가 그다지 대단한 사람이 아니다.'라는 것이다.

전에 우연히 인터넷 게시판에서 어느 엄마가 남긴 글을 읽었다. 주말에 아이를 데리고 남편과 공원을 산책하고 있었다. 모르는 여성이 다가와 자기 딸과 장난을 치다가 느닷없이 딸 얼굴을 만지더란다. 아이 엄마는 부모에게 묻지도 않고 아이 얼굴을 만지는 행동이 무례해서 화를 냈다. "아이 얼굴을 함부로 만지지 마세요." 그랬더니 여성이 미안해하며 "죄송합니다. 만지면 안 되는 줄 몰랐습니다."라고 했다는 거다. 그 말을 듣고 아이 엄마는 더 화가 났다. "모르다니요. 내가 당신 뺨을 한 대 때리고 나서 '어머, 때리면 안 되는 줄 몰랐어요.'라고 해도 된단 말이에요?"

여성은 재차 사과했지만 아이 엄마는 화를 거두지 못하고 소란을 피웠다. 결국 남편이 억지로 끌어내는 바람에 자리를 떠났고 집에 와서도 분을 삭이지 못해 씩씩거리며 인터넷에 글을 올린 거였다.

나도 엄마인지라 그 글을 보고 충분히 이해는 했다. 하지만 그 정도로 흥분할 일은 아니라고 본다. 불쾌한 일을 더 바람직한 방법으로 해소할 수는 없을까? 상대방을 혼쭐내서 화가 풀렸을지는 모르겠지만 아이 엄마의 행동이 몸으로 보여 주는 교육이 되었을까?

생각을 좀 더 해 보자. 만약 아이를 만진 사람이 정말로 나쁜 마음을 가졌다고 하자. 아이 엄마한테 싫은 소리를 듣고 나서 되받아치거나 손찌검을 했다면 난감한 상황이 되었을 것이다.

사람마다 나름의 원칙이 있어서 그 선을 넘으면 달갑지 않다. 다른 사람이 내가 정한 원칙에 어긋나는 행동을 하면 불쾌한 게 인지상정이다. 그런데 작은 일을 크게 만들거나 큰일을 작게 만드는 선택은 우리의 감성지능(EQ)에 달려 있다.

만약 우리가 자기 자신을 대단하다고 보면 다른 사람의 허물을 지나치게 나무랄 것이다. 만약 자기를 조금만 작게 보면 남이 무심코 한 일을 포용하고 부드럽게 타이르는 방법으로 일을 해결할 수 있을 것이다.

사람은 누구나 남에게

침범당하고 싶지 않은 원칙과 한계가 있다.

만약 자아를 지나치게 강조하면

특정 상황에서 주위 사람을 짓누르는 행동을 하게 된다.

자기를 좀 작게 보고 다른 사람이

무심코 저지른 실수를 포용하면

우리의 생활은 좀 더 유쾌해질 것이다.

누가 향수병을
깨뜨렸나

잘못한 건 잘못한 거다.

아내가 일을 마치고 집에 왔다. 아내는 출근하면서 아끼는 향수병을 탁자 위에 반듯하게 올려놓았다. 그런데 집에 와 보니 향수병이 온데간데없었다. 공기 중에 퍼진 진한 향수 냄새를 맡고 이내 불길한 예감이 들었다. 아니나 다를까 휴지통에 산산조각 난 향수병이 들어 있었다.

아내와 남편 둘만 사는 집이니 범인은 당연히 남편이었다. 아내가 남편에게 물었다. "향수병 당신이 깨뜨렸죠?"

"난 아니오. 향수병이 있던 탁자가 쓰러졌소."

"탁자가 저절로 쓰러졌다고요? 당신이 넘어뜨렸겠죠."

"내가 그런 게 아니라 의자가 탁자를 넘어뜨렸소."

"의자가 어떻게 제멋대로 탁자를 넘어뜨린다고 그래요, 당신이 의자를 쓰러뜨렸겠죠." 아내는 더욱 화가 났다.

"어이쿠, 내가 말했잖소. 내가 아니라 서류 가방이 그랬소. 출근하려는데 서류 가방이 의자에 걸렸고 의자가 탁자에 부딪쳤단 말이오."

아내가 버럭 소리를 지르자 남편은 그제야 입을 다물었다.

이야기 속 남편은 말꼬리를 잡고 늘어지며 듣는 사람의 화를 돋우었다. 거기다 자기 실수를 감춰서 아내에게 욕을 먹지 않으려고 말을 돌렸다. 그렇지만 결과는 사뭇 반대로 나타났다. 처음부터 고개를 숙이고 용서를 빌었다면 아내가 그처럼 노발대발하지는 않았을 것이다.

전에 잡지사에서 일할 때 직원이 새로 들어왔다. 그 여성은 학력도 좋고 똑똑하고 행동도 빨라서 사장과 동료들의 칭찬이 자자했다. 하지만 아무리 실력이 뛰어나고 머리가 좋다고 해도 실수를 피할 수는 없다. 한 번은 주의 깊게 보지 않아서 아직 허락을 얻지 않은 사진을 잡지에 싣고 말았다. 사진작가가 그걸 알고 화가 머리끝까지 나서 잡지사를 고소하겠다고 했다. 그 사진작가와 나는 일을 같이 한 적이 있어서 안면이 있었다. 작가와 통화를 하고 나서야 그가 화가 난 진짜 이유를 알게 되었다.

그는 잡지에 실린 사진을 보고 즉시 회사에 전화를 걸어 어떻게 된 일인지 물어봤다. 그런데 실수한 담당 직원이 사과는 고사하고 변명을 했단다. "제가 메일을 보냈는데 답장을 받지 못했어요.", "전화를 걸었는데 통화를 못했어요."라는 등 말을 들을수록 화가 치솟았다. 게다가 그 직원은 자기 실수가 드러날까 봐 상사나 동료에게 숨겨서 다른 사람이 대신 해결하지도 못하게 되는 바람에 일이 더 커지고 말았다.

내가 편집부를 대표해 그 사진작가에게 진심으로 사과하고 다시는 같은 실수를 하지 않겠노라 약속했다. 그리고 사진 사용료를 배상했다. 내가 재차 사죄하자 사진작가는 이를 받아들였고 오랫동안 같이 일했는데 자기도 너무 심했다고 말했다. 나는 그 사진작가를 백 번 이해한다. 그리고 화를 내는 게 당연하다고 본다. 천 가지 만 가지 이유가 있다고 하더라도 실수는 실수다. 급하게 핑계를 대 봤자 책임을 회피한다는 확신만 줄 뿐이다.

한바탕 소란을 피운 끝에 그 직원은 회사에서 쫓겨났다. 만약 처음부터 잘못을 시인하고 용서를 구했다면 쫓겨나지는 않았을 것이다. 실수를 해 놓고 변명하거나 책임을 전가하느니 자기 잘못을 인정하고 사죄하라. 그런 다음 바로잡거나 다른 방법을 생각해 보라. 그렇게 해야 잘못을 용서 받기도 쉽고 자기 자신 또한 실수로부터 교훈을 얻을 수 있다.

아무리 변명을 하더라도

한번 저지른 실수를 돌이킬 수 없다.

그래봤자 책임을 피하려는 행동으로밖에 보이지 않고

오히려 상대방을 더욱 화나게 할 뿐이다.

몸을 낮추고 실수를 인정하는 걸 배워야

실수에서 교훈을 얻고 다시 실수하지 않는다.

벗어나고 싶으면
먼저 창가로 가야

원망해 봤자 벗어날 수 없다. 행동하라.

여러 해 동안 독실하게 신앙생활을 했지만 마음의 평화를 얻지 못한 남자가 있었다. 그는 신이 자신을 버린 것 같아 다시는 교회에 가지 말까 하는 생각도 했다.

남자는 자기 괴로움을 목사에게 털어놓았다. 목사는 말을 다 듣고 나서 답은 주지 않고 얼토당토않은 질문을 던졌다.

"저 좀 도와주시겠습니까?"

"아, 그러죠." 남자는 이상하다고 생각했지만 그러겠노라 했다. 목사가 이야기를 시작했다.

"어제 날씨가 좋길래 바람 좀 쐬려고 창문을 열었죠. 그런데 어디선가 새 한 마리가 들어왔는데 아무리 내보내려고 해도 나가지 않는 거예요. 새를 밖으로 내보내 주세요.”

목사가 남자를 데리고 방으로 갔다. 목사 말대로 옷장 위에 새가 있었다. 남자가 의자를 밟고 올라가 새를 잡으려 했지만 새는 날개를 퍼덕이며 날아가 버렸다. 남자가 그물을 가져와 방 안에서 마구 휘둘렀으나 잡기는커녕 새를 더 놀라게 해서 온 집안을 날아다니는 통에 잡기 더 힘들어졌다. 목사는 방 한 구석에서 팔짱을 끼고 웃으며 보기만 할 뿐이었다. 마침내 남자는 너무 힘이 부쳐 의자에 앉아 숨을 헐떡였다.

그때 새가 창가로 날아갔다. 별안간 목사가 힘껏 손뼉을 쳤다. 새가 놀라서 날개를 활짝 펴고 바깥으로 날아갔다. 남자가 깜짝 놀랐다. 목사가 웃으며 그에게 말했다.

“벗어나고 싶으면 당신이 먼저 창가로 가야 합니다. 그렇지 않으면 하느님이 아무리 당신을 도우려고 해도 도움이 되지 않습니다.”

힘들 때마다 내게 마음을 털어놓는 친구가 있다. 한참 이야기를 듣다 보니 내가 어떻게 할 수 없는 일이었다. 친구는 고장 난 음향 기기처럼 비슷한 말을 계속 늘어놓았다. 시어머니에 대한 원망, 남편에 대한 불만, 마지막으로 아이에 대한 잔소리까지 도무지 끝나지 않았다.

내가 하는 충고와 위로 모두 친구는 듣지 않았다. 해결 방법을 알려 줘도 받아들이거나 행동으로 옮기지 않았다. 그러면서 언제나 똑같은 불평을 쏟아냈다.

하루는 내가 정신없이 일하고 있을 때 친구가 전화를 했다. 나는 그가 말을 시작하면 한 시간은 족히 걸린다는 걸 알아서 먼저 말했다. "미안하지만 나중에 전화하자. 내가 지금 좀 바빠."

그런데 친구가 그 말에 기분이 상했는지 "답답한 일이 있어 얘기 좀 하려고 했는데 네가 듣기 싫다니 그럼 됐어."라고 했다. 순간 내 인내심도 바닥나 버렸다. "솔직히 말해서, 비슷한 이야기를 몇 년째 듣고 있자니 나도 듣기 싫어. 네 고통을 네가 해결할 생각이 없는데 내가 어떻게 도와주겠니?" 내 말을 듣고 나서 친구는 더 기분이 상했다. 나는 친구가 마음을 가라앉히고 잘 생각해 보기를 진심으로 바랐다. 필경 문제를 해결할 방법은 '행동'이지 '원망'이 아니니까.

불평만 하고 행동하지 않는 것은 물에 빠진 사람이 구명튜브는 잡지 않고 살려달라고 소리만 지르는 것과 똑같다. 물론 당신이나 나도 비슷한 실수를 저지른 적이 있을 것이다. 우리는 마음속에 감옥을 만들어 놓고 그 안에서 미친 듯이 맴돈다. 감옥 밖에서 누가 소리를 질러도 들으려 하지 않는다. 우리가 지쳐 쓰러져 꼼짝 못하게 돼서야 비로소 감옥 밖에 있는 사람이 하는 말이 똑똑히 들린다.

"감옥 문이 잠기지 않았어. 빨리 나와."

이럴 때 우리가 보이는 반응은 세 가지다.

첫 번째, 믿고 싶어 하지 않는다. "거짓말이야. 문이 잠겨 있어서 난 못 나가."

두 번째, 부끄러워서 화를 내며 자기 잘못을 남에게 덮어씌운다. "너 정말 나쁜 사람이구나. 어째서 진작 말해 주지 않은 게야!"

세 번째, 가장 총명한 반응은 그저 하하 웃으며 자기가 헛수고했음을 인정하고 감옥 문을 열어젖히고 크게 발걸음을 내딛는 것이다.

불쾌한 일이 생겼을 때, 일이 뜻대로 되지 않을 때,
인간은 누구나 불평을 한다.
하지만 불평만 하고 행동이 없으면
아무리 불평을 해도 소용없다.
마음의 감옥에서 벗어나고 싶으면
먼저 감옥 문을 열어야 한다.

성냥개비가
집을 다 태운다

결점은 나무 울타리를 가꾸듯
정기적으로 다듬고 손질해야 가지런하고 반듯해진다.

성격이 고약한 젊은이가 있었다. 그가 한 번 성질을 부리면 아무도 감당할 사람이 없었다. 정작 본인은 그런 성격에 개의치 않고 그저 자기의 작은 결점이라고 아무렇지도 않게 보아 넘겼다.

어느 날, 그가 밖에서 싸우다 경찰서에 잡혀가 조사를 받았다. 집에 돌아와서 그는 별일도 없었다는 듯 행동했다. 연로한 그의 할아버지는 젊은이에게 아무 말도 하지 않고 책상 위에 있는 성냥을 가져다 불을 붙여서 불이 채 꺼지기 전에 성냥개비를 바닥에 던져 버렸다. 젊은이는 할아버지가 하는 이상한 행동을 멍하니 바라봤다. 할아버지는 계속 다른 성냥개비에 불을 붙이고 또 바닥으로 내던졌다. 그러고 나서 다른 성냥개비를 꺼내 불을 붙여 바닥에 던졌다. 눈앞에서 양탄자에 불이 붙어 하나둘씩 구멍이 생기는 걸 보고 젊은이가 할아버지를 말렸다.

"할아버지, 지금 뭐 하시는 거예요?"

"무슨 상관이냐. 성냥개비 하나에 얼마나 한다고!" 할아버지가 뻔뻔하게 말했다.

"성냥이 문제가 아니잖아요! 이러다 집이 홀라당 타겠어요." 젊은이가 지지 않고 말했다.

할아버지가 갑자기 정색을 했다. "얘야, 너도 이제 알겠지? 십 원도 안 되는 성냥개비가 집을 다 태워 버릴 수도 있단다. 작은 결점 하나가 별 것 아닌 것 같지만 인생 전체를 망가뜨릴 수 있어."

결점을 고쳐야 한다는 것은 모두 동감할 것이다. 그런데 사람들은 장점도 절제가 필요하다는 걸 종종 간과한다. 아무리 훌륭한 장점도 절제하지 않으면 자신을 해치는 결점이 될 수 있다.

의리를 매우 중시하는 젊은이가 있었다. 친구가 도와달라고 하면 팔을 걷어붙이고 나서서 끝까지 도왔다. 그래서 좋은 인연도 만났고 인맥도 넓어서 사회생활에도 꽤 도움을 받았다. 그러나 의리를 앞세우다 난관에 빠지고 말았다.

친구를 도와주고자 하는 마음에 친구가 대출을 받을 때 보증을 섰다. 그런데 친구는 젊은이만큼 의리를 중시하는 사람이 아니었다. 거기서 화근이 시작되었다. 친구가 돈을 다 갚지 않고 사라져 버린 것이다. 보증을 잘못 서는 바람에 유산으로 받은 집까지 은행에 넘기고 말았다.

친구에게 배반을 당해서 그는 매우 화가 났다. 하지만 그가 얻은 것도 있었다. 남을 돕기 전에 뒤에 따를 결과를 반드시 예상해 볼 것, 친구 사귀는 걸 좋아하더라도 모든 사람과 친구가 될 수는 없다는 것을 배웠다.

어떤 사람이 인생을 살면서 배워야 할 과제를 나무 울타리에 비유했다. 가위질 한 번 해 놓고 이 울타리가 영원히 견고하고 반듯하기를 바라서는 안 된다. 울타리를 반듯하게 유지하기 위해 할 일은 단 하나다. 늘 다듬고 날짜를 정해 놓고 정기적으로 손질해야 한다.

자기를 반성하기란 쉬운 일이 아니다. 용기도 필요하다. 지혜도 있어야 하고 자기 행동에서 잘못된 점과 개선할 점을 판단할 줄 알아야 한다. 이렇게 하면 피곤할 수도 있지만 기억하라. '작은 불티 하나가 들판 전체를 태운다.'는 말처럼 불이 나기 전에 우선 위험한 불씨를 꺼야 수습하기 힘든 골치 덩어리를 피할 수 있다.

사소한 결점은 자기 눈에는 별 것 아닌 것 같지만

그냥 내버려 두면 크나큰 위험이 된다.

옛사람은 '나는 하루에 세 번 반성한다'라고 했다.

자기를 돌아보는 일은 스스로를 부단히 성장시킬 뿐 아니라

우리가 인생을 더 순조롭고 편안하게 사는 길이다.

누구네 개가
더 크게 짖나

싸움은 가장 나쁜 소통방식이다.
싸우다 보면 감정이 격해져서 주제에서 벗어나기 쉽다.

마을에 이웃한 두 집이 있었다. 두 집 모두 개를 길렀다. 어느 날 김 씨네 남자 주인이 집에 있는데 이 씨네 개가 멍멍 짖었다. 처음에는 신경 쓰지 않았지만 개 짖는 소리가 갈수록 커지고 거의 한 시간 동안 계속 짖자 남자가 옆집에 가서 따졌다. "여봐요, 당신네 개 좀 짖지 않게 해 주시오!"

이 씨네 집에서 사람이 나오더니 사과는커녕 김 씨를 나무랐다. "당신도 개를 기르잖소. 당신네 개는 안 짖는다고는 못하겠죠? 당신 개가 우리 개보다 훨씬 시끄럽소."

"무슨 말을 하는 거요? 우리 개가 가끔 짖기는 하지만 당신

개보다 시끄럽지는 않소." 김 씨가 벌컥 화를 냈다.

두 사람이 싸움이 붙어 주먹이 나갈 뻔했다. 다행히 지나가던 사람이 싸움을 말리고 두 사람을 떼어 놓았다.

"당신이 한 번 들어 보쇼. 누구네 개 소리가 더 큰지."

행인은 두 사람이 하는 말을 듣고 어처구니가 없었다.

"나더러 누구네 개가 더 크게 짖는지 가리라고요? 나, 참. 그걸 가려서 뭘 하게요? 둘이 내기라도 한답니까?"

그 말에 두 남자는 모두 정신을 차렸다. "그러네요. 우리가 왜 그런 걸 겨루었을까요?" 애초에 뭣 때문에 싸우기 시작했는지 두 사람 모두 기억이 나지 않았다.

싸움은 바람직한 의사 소통방식이 아니다. 싸우다 보면 감정이 격해지고 주제에서 벗어나기 쉽다. 처음에는 아주 하찮은 일이었는데 나중에는 수습이 안 되는 분쟁이 되기도 한다.

친구가 남편과 싸우고 집을 나와 우리 집에서 잠시 머물렀다. 친구는 걸핏하면 이혼하겠다고 했다. 친구에게 무슨 일이 일어나서 이 지경까지 됐는지 물었다.

내 질문에 친구는 멍해졌다. 잠시 생각을 하더니 드디어 발단을 찾아냈다. 남편이 쓰레기 버리는 걸 깜빡 잊어버린 데서부터 일이 시작된 거란다.

"뭐? 고작 쓰레기 갖고 이혼을 해? 그게 그렇게 심각한 일이니?" 내가 의아해 했다.

"그야 물론이지." 친구가 이야기했다. 친구는 남편에게 쓰레기 버리는 걸 잊지 말라고 여러 차례 말했지만 남편은 귓등으로도 듣지 않았다. 마침내 아내가 폭발했다. "당신네 집안은 지저분하고 복잡해 죽겠어. 어머니가 깔끔하지 않으니 당신 같은 아들이 나왔지."라고 했다. 남편이 이 말을 듣고 소파에서 벌떡 일어나서 소리를 질렀다. "쓰레기는 쓰레기지, 우리 엄마까지 들먹이며 뭐 하는 거야? 나도 당신네 집 가면 얼마나 스트레스 받는지 알기나 해? 장모님이 결벽증에 정신병까지 있는 거 아냐?"

일이 이 지경에 이르니 어떻게 할 수가 없었다. 쓰레기 봉지 하나가 부부간의 문제가 되고 심지어 두 집안 간의 문제로 커질 걸 누가 알았겠는가.

당사자는 화가 나지만 듣는 사람 입장에서는 도무지 이해할 수 없었다. 더구나 이혼 얘기가 나오게 된 문제의 발단이 쓰레기 봉지를 버리지 않은 것이라니.

직장 동료나 친구 사이에서는 상대방에게 불만이 있더라도 대체로 괜찮다고 흘려보낸다. 그럭저럭 잘 지내는 게 우선이기 때문이다. 그런데 가까운 가족, 배우자나 애인과 부딪치면 얘기가 달라진다. 작은 일에 괜찮다고 넘기기보다 고집을 부리고 싸우곤 한다. 때로는 싸움에서 끝나지 않고 반드시 사과를 받아야 하고 반드시 이기려고 한다.

하지만 이겼다고 뭐가 달라질까? 이기면 체면이야 서겠지만 상대방에게 상처만 줬다면 이기고 지는 게 아무 소용이 없다.

사랑하는 사람을 앞에 두고

꼭 잘잘못을 따져야 할까?

말다툼을 하다 보면 상처 주는 말이 쉽게 나온다.

겉으로 봐서는 내가 이겼더라도

나와 상대방의 감정은 모두 상처를 입었다.

그래도 꼭 싸워야 할까?

무슨 일이든
대가를 치러야 한다

넘어져 봐야 일어나는 방법을 알게 된다.

돈 많은 지주가 있었다. 그런데 남을 속이거나 빼앗아 모은 재산이라 그 지역 사람들은 모두 그를 싫어했다. 꼬리가 길면 잡힌다고 결정적인 단서가 잡혀 오랏줄에 묶여 관가에 끌려갔다.

마음씨 고약한 지주가 잡혔다는 소문을 듣고 사람들이 관가로 삼삼오오 몰려왔다. 사람들은 지주가 큰 벌을 받아야 한다고 수근거렸다. 그런데 예상을 뒤엎고 판관이 지주에게 세 가지 벌 가운데 하나를 고르라고 했다.

하나, 가난한 사람에게 밭 열 마지기를 무상으로 주고 경작하게 할 것.

둘, 곤장 열 대를 맞을 것.

셋, 생파 열 근을 먹을 것.

판결이 떨어지자 마을 사람들은 저렇게 나쁜 죄인에게 벌을 스스로 고르게 하는 건 말이 안 된다며 한마디씩 했다. 악덕 지주에 대한 벌로는 너무 약하다는 것이었다. 한편 지주는 기뻐서 어쩔 줄 몰라 하며 어떤 벌을 선택해야 유리할지 머리를 굴렸다. '내 살과 피나 다름없는 땅을 그냥 줄 수는 없어. 곤장 열 대를 맞으면 얼마나 아프겠어. 내가 견딜 턱이 없지.' 생각 끝에 그는 생파를 먹는 벌을 받기로 했다.

하지만 대파 몇 개를 씹지도 못하고 눈물, 콧물이 왈칵 쏟아져 나오는 바람에 열 근은 도저히 먹을 수 없어 보였다.

"어르신, 대파는 도저히 못 먹겠습니다. 다른 벌로 바꿀 수 있을까요? 차라리 곤장 열 대를 맞겠습니다." 지주가 판관에게 졸랐다. 판관이 고개를 끄덕였다.

곤장 두 대를 맞자 피부가 찢어지고 터졌다. 지주가 살려 달라고 소리쳤다. "그만, 그만. 땅을 내놓겠습니다."

지주는 자기에게 가장 유리한 벌을 골랐지만 결국 세 가지 벌을 모두 받고 말았다. 지켜보던 사람들은 그제야 판관의 뜻을 알아차리고 모두 박수를 치며 칭찬했다.

해야 할 일을 자꾸 미룬다고 그 일이 해결되지 않는다. 어떻게 되었든 끝에 가서는 더 비참한 대가를 치러야 한다.

여름방학숙제를 떠올리면 쉽게 와 닿을 것이다. 어린 시절

'여름방학은 길고 기니까 숙제는 내일 해도 괜찮아.'라고 했다. 그러다 하루 이틀 지나고 개학이 눈앞에 오면 그제야 밀린 숙제를 한꺼번에 할 수 없다는 걸 깨닫는다. 나중에 못한다고 억지를 부리거나 대강대강 해 가도 선생님께 혼나는 것은 마찬가지다.

어떤 사람은 살면서 만나는 좌절과 스트레스, 도전을 홍수나 맹수라고 보고 그것들이 습격하면 맞설 방법을 궁리하지 않고 뒤로 숨기 바쁘다. 잠깐 한숨 돌려봤자 나중에 더 심각하고 어려운 일과 만난다는 걸 몰라서 그러는 것이다.

부유한 집에서 태어난 젊은이가 있었다. 부모는 아들이 바라는 건 뭐든 들어줬다. 어렸을 적 억울한 일을 당하면 부모가 아들을 대신해 따졌다. 실수하면 부모가 앞장서서 처리했다. 고등학교를 졸업하자 아들을 외국으로 유학 보냈다. 박사과정을 하던 중 그는 자기가 살던 아파트에서 뛰어내렸다. 그의 유서에는 이렇게 쓰여 있었다. 논문을 불합격시킨 교수가 자기를 죽였다고.

이 뉴스를 보고 탄식이 나왔다. 그를 죽인 진짜 범인은 도대체 누구일까? 그의 지도 교수는 아닐 것이다. 당시 인터넷에서는 이 뉴스를 놓고 뜨거운 토론이 이어졌다. 부모 때문에 죽었다는 의견이 많았다. 부모가 그를 과잉보호하고 공부 기회를 박탈했기 때문에 좌절했을 때 어떻게 해야 할지 몰랐다는 거다.

나는 그 생각이 틀렸다고 본다. 그는 어린애가 아니라 서른이 다 된 성인이었다. 자기 인생에 책임을 질 나이다. 그 정도 나이라면 인생의 풍랑도 겪고 경험도 적지 않을 것이다. 그런데 그는 고난에 어떻게 맞서야 할지 전혀 몰랐고 억울하고 상처 받고 울화가 치밀어 오르는 감정을 다스리는 법도 몰랐다. 경험을 통해 성장할 기회가 없었으므로 귀중한 생명을 대가로 치른 것이다.

좌절을 문제 해결을 위한 연습으로 생각하자. 당신 앞의 문제는 당신이 풀어야지, 대신 풀어줄 사람은 아무도 없다. 당신이 조금씩 해결해야 한다. 영화 〈무간도〉 대사 중에 "무슨 일을 하든 나중에 대가를 치러야 한다."라는 말이 있다. 시련에 맞서는 과정이 힘들다 못해 땀과 눈물을 흘릴 수도 있으나 완성 후 되돌아보면 성취감과 자신감이 충만해질 것이다. 넘어져서 배우는 것도 있음을 깨달아라. 넘어져 봐야 일어서는 방법을 알게 된다.

살면서 부딪히는 과제를 회피하면

잠시 한숨 돌릴 수는 있겠지만

문제가 계속 쌓이면 더 심각한 뒷일을 초래한다.

문제를 내 손으로 직접 해결해야 하는 까닭은

문제가 없으면 내 존재 자체가 무의미하기 때문이다.

넘어지는 방법을 알아야 다치지 않게 넘어질 수 있다.

그리고 그를 통해 다시 일어나는 방법도 알게 된다.

누가 승강기를
고쳐야 할까

**이기심은 자석과 같아서 끌어당길수록 더 이기적으로 된다.
결국에는 집단 전체가 뼈아픈 대가를 치른다.**

지은 지 30년이 넘은 5층 아파트 승강기가 갑자기 고장 났다. 주민들이 모두 모여 승강기 수리 비용 분담 문제를 의논했다.

1층 주민이 말했다. "나야 말로 돈을 낼 이유가 없어요. 1층에 사는데 승강기 탈 일이 있기나 한가요?"

2층 주민이 말했다. "내가 뭣 때문에 돈을 내요. 2층이니까 걸어 다니면 돼요."

3층 주민이 말했다. "나도 돈 못 냅니다. 이참에 나도 계단으로 걸어다닐랍니다."

4층 주민이 말했다. "다들 안 낸다는데 나만 낼 수는 없죠."

5층 주민은 어쩔 수 없이 자기가 돈을 다 내고 승강기를 고쳤다. 그리고 돈을 내지 않은 주민들은 승강기는 5층 주민 전용이므로 자기들은 절대 타지 않겠다고 약속했다.

어느 날 1층 주민이 옥상에 안테나를 설치할 일이 생겼다. '어쩌다 한 번 승강기를 타는 건 괜찮겠지'라며 승강기를 탔다.

2층 주민은 집에 있던 낡은 가구를 밖에 내다 버리려는데 너무 무거웠다. '어쩌다 한 번인데 괜찮겠지.'라며 승강기를 탔다.

3층 주민이 물건을 잔뜩 사 들고 왔다. 큰 보따리, 작은 보따리를 3층으로 나르려다 승강기가 보였다. "어쩌다 한 번인데 괜찮을 거야."

4층 주민이 다리를 다쳤다. 계단으로 오르내리려니 너무 끔찍했다. "어쩌다 한 번이니까, 뭐."

다들 승강기를 타는 걸 5층 주민도 눈치챘다.

얼마 후 승강기가 또 고장 났다. 5층 주민은 돈을 내지 않겠다고 했다. 다른 주민들이 다들 5층 주민을 손가락질했다. "승강기는 자기 혼자 쓰면서 돈을 못 내겠다니 저렇게 이기적인 사람이 있나."

소위 '깨진 유리창 효과'에서 깨진 유리창은 일종의 비유이다. 쓰레기를 함부로 버리거나, 낙서를 하거나, 큰소리로 떠드는 행동처럼 사회 질서를 어기는 행동을 뜻한다. 그 즉시 바로

잡지 않으면 점점 더 많은 사람들이 따라 해서 사회가 혼란스러워진다. 집에 창문이 멀쩡할 때는 아무 일이 없지만 일단 창문이 깨지고 나면 밤손님들의 약탈 대상이 되기 쉽다. 개인의 이기심도 이와 같지 않을까? 한 사람의 이기심이 다른 사람의 이기심을 끌어당긴다. 남에게 영향을 미칠 뿐 아니라 끝에 가서는 자기도 영향을 받는다.

친구네 집에 놀러 갔다가 동네를 둘러보고 경악한 적이 있다. 수영장과 농구장은 잡초로 뒤덮였고 공공구역마다 쓰레기가 산을 이루었다.

친구에게 어찌된 일인지 물어봤다. 친구 대답이 원래 마을 관리위원회가 있었는데 언제부터인지 몇몇 집에서 관리비를 내지 않겠다고 했단다. 관리위원회 힘으로 해결이 안 돼서 더 이상 내란 말을 하지 않았다. 나중에 다른 사람들이 반기를 들었다. "저 사람들은 관리비를 안 내는데 나도 안 내겠소." 관리비를 내지 않는 사람들은 점점 늘어났고 마을 관리위원을 하겠다는 사람도 없어서 관리위원회는 해산했고 문제가 생기면 알아서 해결해가면서 살기로 했다.

더 끔찍한 일은 동네 큰 건물의 지붕이 기울어졌는데 오랫동안 수리를 하지 않아서 기왓장이 종종 떨어진다고 했다. 지나가던 노파가 기왓장에 머리를 맞아 피를 흘린 적도 있단다. 다음에는 누가 또 기왓장을 맞을지 아무도 모른다고 하며 쓴

웃음을 지었다. "우리 동네에서 외출할 때는 안전모를 쓰도록 해."

내가 친구에게 이사 가야 하지 않느냐고 했더니, "너라면 이런 동네에 집을 사고 싶겠니? 관리가 안 되니 집값이 바닥인데 사겠다는 사람이 하나도 없어."라고 했다.

한 사람의 작은 이기심이 별 것 아닌 것 같아 보이지만 그 작은 이기심이 모이고 모이면 전체가 해결하기 어려운 화가 될 수 있다.

한 사람의 이기심이 언뜻 보기에 별 것 아니지만
두 사람, 세 사람의 이기심이 모이면 수습하기 힘들어진다.
그리고 어느 누구도 자기가 속한 집단에서
자기 마음대로 빠져나갈 수 없다.

돈을 쓰지 않을 지혜

**돈을 써야 할 때가 언제인지 반드시 알아야 한다.
하지만 돈을 쓰지 말아야 할 때가 언제인지를
먼저 배워야 한다.**

바다에서 작은 배 한 척이 뒤집어졌다. 배에 타고 있던 부자 노인이 물에 빠져 허우적거리며 살려달라고 소리쳤다.

젊은 어부가 그 모습을 보고 다급하게 배를 저어 다가왔다. 구조를 하려는 순간, 노인이 애타게 외치는 소리가 들렸다. "젊은이, 빨리 날 구해 줘, 그럼 내가 황금 한 냥, 아니 두 냥을 주리다." 이 말을 듣고 젊은이 마음에 어쩌면 이 기회에 횡재를 할 수 있을 거라는 못된 생각이 들었다. 그래서 그는 일부러 천천히 노를 저었다.

그의 예상대로 물에 빠진 노인이 다급하게 액수를 올렸다. "어서 구해 줘. 내가 황금 석 냥, 아니 넉 냥을 줄게."

노 젓는 속도가 점점 느려졌다. 시간을 끌수록 받을 수 있는 금의 양이 늘고 있었다. 부자 노인이 다시 소리쳤다.

"빨리 빨리 좀 와! 황금 닷 냥, 아니지, 여섯 냥을 줄게."

그때 갑자기 파도가 노인을 덮치더니 노인은 물속으로 가라앉아 다시는 올라오지 않았다. 이야기 속 청년의 탐심도 악독하기 이를 데 없지만 돈을 미끼로 자기 목숨을 구하려 했던 부자 노인도 책임을 피할 수는 없다.

여러 해 전 친구의 초대로 그의 집에서 식사를 했다. 식사를 마치고 친구가 자기 아이를 불렀다. "아들아, 어서 설거지해라." 그러자 당시 초등학생이던 아들이 손을 내밀며 말했다. "먼저 돈부터 주세요." 아빠라는 사람이 주머니에서 동전을 꺼내 아들에게 줬고 아들은 그제야 식탁을 치웠다.

나는 이 광경을 도무지 이해할 수 없어서 친구에게 물었다. 그랬더니 "아이가 집안일을 돕는 습관을 들였으면 하는데 아무래도 안 돕는 거야. 그래서 돈을 미끼로 걸었지"라는 대답이 돌아왔다.

내가 농담 반 진담 반으로 말했다. "기왕 그렇게 하려면 모든 식구들에게 적용해야지. 엄마가 아들한테 밥해 주고 빨래해 주니까 아들도 엄마한테도 인건비를 줘야 하는 것 아냐?

너도 열심히 일해서 아들을 공부시키니까 아빠인 너도 아들한테 돈을 받아야겠네."

친구가 가타부타 말없이 웃었다. 나는 친구가 남의 말을 듣지 않으리라는 것을 잘 알아서 더 이상 아무 말도 하지 않았다.

몇 해 전 모임에 나갔다가 그 친구를 다시 만났다. 예상대로 그의 아들은 자기 이익만 좇는 청년이 되었다고 했다. 식구들 심부름을 해 주고 돈을 받고, 컴퓨터를 고쳐 주고 돈을 받고, 시험을 잘 봤다고 돈을 달라고 한단다. 고등학생이 되어 아르바이트를 했는데 집에 오면 "돈, 돈, 돈" 하며 불평을 했다고 한다.

이 청년은 쩨쩨할 정도로 돈만 중시해서 친구도 없고 인간관계도 나빴다. 그저 통장 잔액이 늘어가는 걸 볼 때만 기분이 좋았다. 아버지는 아들 얘기를 하며 한숨을 쉬었다. "내가 잘못 가르치지도 않았는데 애가 저 모양이니 어쩌면 좋을까?"

이런 아이는 참 불쌍하다. 그를 즐겁게 하는 일은 오직 돈밖에 없다. 게다가 몹시 인색한 탓에 그가 가진 돈은 그저 숫자에 불과할 뿐이라 제대로 쓰는 법도 몰랐다.

마음이 공허한 사람을 가리켜 '가진 건 돈 밖에 없다.'라고들 하는데 참으로 맞는 말이다. 돈은 두 얼굴을 갖고 있다. 한쪽은 천사고 다른 한쪽은 마귀다. 우리가 돈을 어떻게 쓰냐에 따라 돈이 드러내는 얼굴이 달라진다.

돈으로 못할 일은 없다. 그러나 돈이 만능은 아니다.
특히 부모자식 간의 정, 친구 사이의 우정, 남녀의 애정
또는 도덕, 진지함, 충성을 금전으로 사려고 한다면
돈이라는 것이 매우 위험한 물건이 된다.
돈을 언제 써야 할지 알려면 지혜가 있어야 한다.
돈을 쓰지 말아야 할 때가 언제인지 알기 위해서는
그보다 한 차원 높은 지혜가 필요하다.

양심이 답이다

인간은 짐승처럼 살아서는 안 된다.
인간은 지식과 미덕을 추구하며 살아야 한다.

누구나 들어가고 싶어 하는 대기업에서 일 년에 한 번 직원 채용을 했다. 채용 인원이 적어 경쟁률이 매우 치열했다. 회사에서는 까다로운 필기시험과 면접을 거쳐 세 사람을 가려냈고, 이 중 한 사람을 프로젝트 매니저로 뽑기로 했다.

세 사람은 매우 긴장한 얼굴로 사무실에 앉아 시험 문제를 기다리고 있었다. 문제지를 받자마자 두 사람은 즉시 고개를 숙이더니 재빨리 답을 적어 내려갔다. 그런데 나머지 한 사람은 문제지를 보며 멍하니 있었다.

시험 시작 후 5분이 지나지 않았을 때 그 젊은이는 답안지를 제출하고 뒤도 돌아보지 않고 시험장을 떠났다. 나머지 두 사람은 경쟁자가 하나 없어졌다며 희희낙락했다.

최종 합격자 발표가 났다. 놀랍게도 합격자는 일찌감치 답안지를 내고 밖으로 나간 사람이었다. 마지막 필기시험지에는 문제가 딱 한 개 적혀 있었다. '당신이 다녔던 전 직장의 업무 비밀과 기술 비밀은 무엇입니까?'

합격한 젊은이의 답지에도 단 한 문장이 적혀 있었다.

'대답할 수 없습니다.'

내 친구는 고등학교 때부터 면허 없이 오토바이를 타다가 경찰 단속에 걸려 벌금을 물게 되었다. 그런데 벌금에도 실효 기간이 있어 5년 동안 납부하지 않으면 자동으로 없어진다는 걸 알아냈다.

그리하여 그는 학생 때부터 무면허로 오토바이를 몰고 직장에 들어가서는 무면허로 자동차 운전을 하고 딱지를 떼도 전혀 개의치 않았다. 경고를 받아도 5년이 지나면 없었던 일이 될 거라며 벌금도 내지 않았다.

그런데 정부 기관이 그리 만만한 곳은 아니었다. 벌금 고지서 시효가 소멸될 무렵 그는 관련기관에서 그를 고발했다는 문건을 받았다. 친구는 변호사를 물색하고, 법원 문턱이 닳도록 들락거리며 정력과 돈을 적잖이 썼다. 법원은 지금까지 누적된 벌금을 모두 납부하고 벌금이 모두 없어질 때까지 그의 급여의 1/3을 압류한다는 판결을 내렸다.

이 소식이 회사에 알려지자 그는 얼굴을 들고 다닐 수 없었다. 설상가상으로 그동안 내지 않은 벌금에 가산금이 붙어 원금보다 훨씬 많은 돈을 내야 했다.

그는 쓴웃음을 지으며 이 이야기를 들려줬다. 친구에게 이 사건은 '돈 주고 산 교훈'이었다. 벌금을 다 납부하고 나서 그는 면허시험을 치렀다. 그 이후로는 감히 벌금을 체납하는 일은 없었다.

나와 당신도 내 친구처럼 '고작 요만큼인데 별일 있겠어?' 라는 마음이 생기곤 한다. 게다가 그 결과로 명예와 이익을 얻고 심지어 받아야 할 벌까지 피한다면 마다할 리가 있을까? 그러나 꼬리가 길면 잡히기 마련이다. 잠시 피할 수는 있겠지만 평생 피하고 살 수는 없다. 시간을 끌수록 지불해야 할 대가가 더 커진다.

이야기 서두에 나온 남자는 도덕적이었기 때문에 일자리를 얻었다. 양심에 따르는 것이 최선임을 잊지 말고 살자.

내가 좋아하는 말 중에
'법은 도덕의 마지막 보루다'란 말이 있다.
양심을 어기면 잠시 이익을 얻을 수는 있다.
그러나 길게 보면 머잖아 대가를 치른다.

진정한 황금

모름지기 인생에서 가장 중요한 것은 돈으로 살 수 없다.

농촌에서 자란 남자아이가 있었다. 아이는 어릴 적부터 이상한 소문 때문에 곤욕을 치렀다. 그 마을에는 아이가 태어나기 전부터 그의 아버지가 땅을 파다 금을 발견했다는 말이 떠돌았다. 어떤 이는 금이 주먹만 하다고 했고 더 과장해서 축구공 크기는 족히 될 거라는 사람도 있었다.

이런 뜬소문 탓에 아이는 늘 사람들 입에 오르내렸다. 아이는 도무지 이해가 되지 않았다. 자기네 집은 지붕에 물 새는 것조차 못 고치고 사는데 어디 황금이 있단 말인가.

몇 해가 지났다. 소문이 점점 잠잠해지더니 더 이상 아무도 그 이야기를 하지 않았다. 남자아이도 건장한 청년이 되었다.

그의 아버지는 나이가 들어 백발이 희끗희끗해졌다.

어느 날 밥을 다 먹고 나서 청년은 별안간 옛날 마을을 떠돌던 헛소문이 생각났다. "아버지, 혹시 기억하세요? 옛날에 사람들이 우리집에 땅에서 파낸 황금이 있다고 수군거렸잖아요. 참, 기가 막혀서."

뜻밖에 아버지가 고개를 끄덕였다. "사람들 말이 맞다. 내가 밭에서 금을 발견하긴 했었지."

"뭐라고요? 그 금을 어떻게 하셨어요?" 청년이 소스라치게 놀라서 물었다.

"바다에 던져 버렸다." 아버지가 답했다.

청년의 얼굴이 금세 일그러졌다. "아버지, 어쩜 그리 어리석으세요. 아니, 대체 금을 왜 바다에 던져 버리셨어요?"

"얘야, 내가 금을 갖고 있었으면 어떻게 되었을 것 같니?"

"적어도 우리 식구가 잘 먹고 잘 입었겠죠. 그리고 이렇게 허름한 집에 살지도 않았을 테죠."

"그 다음에는?"

"그 다음에는……." 청년이 더 이상 말을 잇지 못했다.

"그 다음에는 돈 꿔 달라는 사람이 문지방이 닳도록 드나들었을 게다. 돈을 노리고 거짓된 마음으로 접근하는 사람도 있었을 테고, 뒤에서 우리 험담을 하는 사람도 생겼겠지. 그러니까 우리 재산을 빼앗으려는 사람이 도처에 널렸을 게 뻔하지 않니?"

남자가 아무 말도 못했다.

"애야, 우리가 지금 찢어지게 가난하지만 식구들이 다 화목하고, 마음을 나눌 친구가 있고, 밭도 몇 마지기 있잖니. 이런 게 진정한 황금이란다." 아버지 눈동자가 지혜로 반짝였다.

텔레비전에서 본 이야기다. 어떤 대만 사람이 중국 대륙에서 보석 사업을 했다. 돈은 많이 벌었지만 눈코 뜰 새 없이 바빠서 대만에서 가족과 함께 보내는 시간이 일 년 중 며칠 밖에 안 되었다. 그러다 보니 아들딸이 크는 것도 못 보고 아내와 관계도 금이 갔다. 이대로 계속 가면 자기 가정은 망가질 게 뻔했다. 그래서 그는 뒤도 돌아보지 않고 대륙에서 하던 사업을 접고 대만으로 돌아왔다. 가족의 생계는 어떻게 되었을까? 사람들의 예상을 뒤엎고 그 남자는 만두 빚는 기술을 배워 집 근처에 작은 만두가게를 냈다. 방송국에서 취재를 왔을 때 그는 허허 웃으며 말했다. "전에는 작고 비싼 보석을 팔았고 이제는 크고 값싼 만두를 팝니다."

버는 돈은 예전만 못하지만 그는 더 귀중한 것을 얻었다. 바로 가족 간의 사랑이다. 지금 식구들은 모두 화목하다. 아이들이 사춘기에 들어섰지만 부모와 여전히 살갑게 지내서 주위의 부러움을 사고 있다. 그 사람의 가게 이름은 '행복한 만두집'이다.

남들이 다 부러워하는 직업에 부유하고 가정도 행복하다면 그보다 더 좋을 수는 없다. 그러나 세상은 우리 뜻대로 돌아가지 않는다. 두 마리 토끼를 한 번에 잡을 수 없는 노릇이니 버릴 것은 버리고 택할 것은 택해야 한다. 우리 인생에서 진정한 황금이 무엇인지 스스로 깨달아야 한다.

행복은 하늘에서 뚝 떨어지는 게 아니라,

자기가 노력해서 얻어야 한다.

행복하게 지내려면 취하고 버릴 줄 알아야 한다.

일과 가정에 모두 충실할 수 없다면 스스로에게 물어보자.

인생에서 더 중요한 것이 무엇인지.

하잘 것 없는 배역에게
화내지 말자

살다 보면 내 맘에 들지 않는 주변 사람이 있기 마련이다.
그런 사람을 마음에 담아 두고 자기를 괴롭히지는 않는가?

열아홉 살 여자아이가 난생 처음 사랑에 빠졌다. 그러다 두 달
이 채 못 되어 남자 친구에게 차였다. 그 아이는 엄마와 관계
가 매우 돈독해서 매일 학교에서 돌아와 같이 저녁을 먹고 텔
레비전 연속극을 보곤 했다. 딸은 연속극을 보다가 남자 친구
이야기를 하며 원망하다가 울다가 욕을 했다.

　그렇게 며칠이 흘렀다. 그날도 딸이 또 푸념을 늘어놓았다.
그러자 엄마가 딸의 말을 자르더니 뜬금없이 말했다.

　"너 말이야, 저 여자 주인공의 친구의 엄마의 이웃사람이

누군지 아니?"

"누구요?" 딸이 답을 못하자 엄마가 다시 말했다.

"그러니까 여주인공 친구 엄마의 이웃사람이 누구냐고?"

"누구의 누구의 누구요?" 딸이 짜증을 냈다. "그런 단역 기껏 한두 편 나왔을 텐데 누가 그걸 기억이나 하나요?"

엄마가 웃음을 참지 못하고 말했다. "그렇다면 네가 헤어진 남자 친구도 네 생애에서 단역 배우가 아닐까? 네 인생에 한두 편 나오다 사라졌는데 넌 줄곧 그 애 생각에서 빠져나오지 못하는구나."

단역 배우가 우리 인생에 출연하는 일은 몇 편 되지 않는다. 그러나 불가사의하게도 그런 단역을 노상 마음에 담아 두고, 입에 올리면서 그 단역에 자기 인생을 옭아매고 사는 사람들이 꽤 많다.

나이 지긋한 지인 중에 '한창 잘 나가던 시절' 이야기를 즐겨 하는 분이 있다. 이야기를 하다 보면 고등학교 동창으로 흘러가는데 그는 늘 성격 나쁜 동창이 자기를 괴롭힌 얘기를 했다. 나이가 예순이 넘었으니까 고등학교 시절이면 50년도 더 지난 이야기인데 말이다.

어느 날 그에게 미운 털이 박힌 고등학교 동창 얘기가 또 나왔다. 내가 그의 말을 자르고 한마디 했다. "그런데 그 동창하고 지금도 만나세요?"

"어이구, 그런 애랑 누가 만나려 하나. 진작 끝냈지. 학교 졸업 후 연락 끊었어." 그가 입을 비죽거렸다.

당신이나 나도 살면서 만나는 단역에게 격노한다. 그런 사람은 보기 싫은 회사 동료, 사이가 나쁜 친구가 될 수도 있고 심지어 새치기 하는 노파나 신호를 지키지 않는 오토바이 기사처럼 전혀 모르는 사람일 수도 있다. 귀중한 내 시간을 쓰면서 이런 사람들에게 화를 낼 가치가 있을까?

별것 아닌 일로 화를 내기 전에 먼저 자기 마음을 가라앉히고 자문해 보자. 못 견디게 미운 저 사람이 내 인생 드라마에 몇 편이나 등장할지. 그렇게 해 보면 많은 경우 화를 낼 이유가 전혀 없다는 것을 알게 될 것이다.

인생은 고단하면서 유한하다.
우리는 서로 사랑하면서 즐겁게 살아야지,
미움과 저주를 갖고 살면 안 된다.
내 인생에서 별 비중 없는 과객 때문에
애태우는 것은 가장 쓸모 없는 감정이다.

잃어버린 현재

현재가 하나둘씩 쌓여 과거가 원만해지고
성공하는 미래를 만든다.

연인 한 쌍이 있다. 그들은 함께 할 미래를 꿈꿀 때 가장 행복
해 했다. 남자는 언제나 나중에 어떤 집에 살게 될지 상상했
다. 여자는 웨딩드레스와 아이를 몇 명 낳을지 꿈꿨다.

그들은 상대방의 과거가 깨끗하지 않다는 걸 떠올리면 매
우 불쾌했다. 남자는 여자가 전에 만났던 남자 한 명, 한 명을
모두 질투했다. 여자는 남자가 과거에 잠자리를 같이 한 여자
가 있다는 걸 증오했다. 어쨌거나 그런 일들은 두 사람이 서로
만나기 전에 있었던 일이다.

결국 두 사람은 헤어졌다. 몇 년이 흐른 뒤 남자는 문득 그

때 사랑에 실패한 이유를 깨달았다. 그들의 감정은 '과거'와 '미래'에 집착한 나머지 '현재'를 즐길 짬이 없었던 거다.

미래를 동경하고 과거를 후회하는 게 결코 나쁜 일은 아니다. 사람이라면 누구나 그럴 것이다. 하지만 자신을 미래나 과거에 붙잡아 놓으면 아무 것도 얻을 게 없다. 그저 현재의 시간을 덧없이 흘려보내는 것일 뿐이다.

어릴 적 부모가 이혼해서 한 부모 가정에서 자란 친구가 있다. 책임감 없는 아버지에게 받은 상처가 너무 깊어서 사람을 사랑하는 것조차 두려워했다. 그녀가 보기에 세상 남자들은 다 자기 아버지처럼 못 미더운 존재였다. 마흔이 다 되도록 그는 한 번도 연애를 하지 않았다.

친구 결혼식 피로연에서 만나면 그는 노상 떨떠름하게 말했다. "이 결혼이 얼마나 갈지 누가 알겠어? 내년에 바로 이혼할 수도 있어." 그러면서도 독신 생활이 외롭고 지루하다고 불평하고 자기는 지지리 복도 없다고 덧붙였다.

도대체 누가 탓을 해야 할까? 유년기 경험이 친구 마음에 어두운 그늘을 남긴 것은 나도 이해한다. 하지만 불혹에 가까운 나이가 되었는데 과거에서 탈출하기 위해 스스로 아무 행동도 하지 않았다는 건 말이 안 된다. 그는 한 번도 과거로부터 벗어나고 싶어 하지 않았다. 계속 과거에 집착하다 현재를 잃어버렸고 미래를 부정했다. 참으로 가엾고 안타까운 일이다.

아무리 고통스럽고 아쉽고 한이 남아도 과거는 이미 지나간 일이다. 우리가 항상 과거를 마음에 담고 산다고 해도 단 한 발자국도 되돌아갈 방법이 없다. 도대체 무엇을 바라고 과거 일로 자신을 괴롭히고 제한을 두며 사는가? 어떻게 해야 과거를 흘려보낼 수 있을까? 미래에 관해서 말하자면 변수가 너무 많아서 우리가 예측하기도 쉽지 않은데 어째서 알 수 없는 불안과 혼란을 두려워하는가?

매 순간 충실하게 사는 걸 배워라. 현재가 하나씩 쌓이고 쌓여서 우리의 과거가 원만해지고 미래를 만든다.

지나간 일을 바꿀 수 없고
다가올 일을 예측할 수 없다.
그저 '지금'만 있을 뿐이다.
우리가 가질 수 있는 것을 어째서 쓰지 않는가?

행복은
미래에 있지 않다

**과거나 미래는 우리가 손을 쓸 수 없다.
우리는 현재만 좌지우지할 수 있다.**

젊은 부부가 있었다. 그들은 일상생활이 별로 즐겁지 않았다.
몇 년 지나 아기가 태어나 집안이 좀 시끌시끌해지면 행복하
겠지 했다. 아이가 태어났다. 갓난아기를 돌보느라 부부는 매
우 피곤했다. 몇 년 지나 아이가 크면 행복하겠지 했다. 아이
가 사춘기가 되어 반항하자 마음이 말이 아니었다. 그래도 몇
년 지나 아이가 어른이 되면 행복하겠지 했다.

아들이 학교를 졸업했지만 직장 찾는 게 보통 어렵지 않았
다. 몇 년 지나 자식이 사회생활을 하면 행복하겠지 했다. 아
들이 결국 일자리를 찾았지만 결혼이 늦어졌다. 부부는 몇 년

지나 아이가 결혼하면 행복하겠지 했다. 아들이 결혼했다. 그런데 손자가 생기지 않았다. 몇 해 지나 손자가 태어나면 행복하겠지 했다.

눈 감을 때가 되자 그들은 비로소 그렇게 기다렸던 행복은 끝내 오지 않았다는 것을 깨달았다.

호주 출신의 간호사 브로니 웨어는 오랫동안 요양원의 환자를 돌보면서 인생에서 아쉬웠던 점에 관한 이야기를 많이 들었다. 그는 이것을 엮어 〈죽을 때 후회하는 다섯 가지〉(한국판 제목은 〈내가 원하는 삶을 살았더라면〉)라는 책을 냈다. 책에 나오는 다섯 가지는 '1.꿈을 이룰 용기가 없었다 2.가족과 보낸 시간이 너무 적었다 3.자기 생각을 표현하며 살지 못했다 4.친구와 좋은 관계를 유지하지 못했다 5.더 신나게 살 걸 그랬다'이다.

인터뷰 자리에서 브로니 웨어는 말했다. "죽음을 앞둔 사람들은 각자 자기만의 이야기가 있어요. 그런데 놀랍게도 그들이 세상을 살면서 아쉬웠던 점이 모두 비슷했어요. 상당히 충격을 받았죠. 사람들에게 '지나간 시간은 다시 오지 않는다. 살아 있는 동안 행복하게 지내라'는 말을 하고 싶어서 이 책을 썼습니다."

인생을 살면서 자기가 추구했던 목표를 이루면 행복해질 거라 착각한다. 즉, 대학에 가면 행복할 거야, 남자 친구를 사귀면 행복할 거야, 좋은 직장에서 일하면 행복할 거야, 결혼을 하면 행복할 거야. 하지만 목표를 이루고 나면 거기서 느끼는 행복감은 그리 오래 가지 않음을 알게 된다. 잠시 즐거울지 몰라도 인생의 이정표 뒷면에는 무수히 많은 시련이 호시탐탐 우리를 기다린다. 그럴 때마다 우리는 또 다른 목표를 정하고 때가 되면 또 행복해지리라 기대한다. 기대와 실망을 반복하면서 살고 있지만 스스로 그 사실을 느끼지 못할 뿐이다.

행복은 미래에 있지 않다. 진심으로 행복해지고 싶으면 지금을 잘 잡아야 한다. 행복을 기다린다는 구실로 당신 인생을 허송세월하지 말라.

정해 놓은 목표를 이루면 행복해질까?

답은 '그렇지 않을 수도 있다'이다.

어떤 목표를 달성했다고 행복하지는 않다.

왜냐하면 목표를 달성하고 나면

그 뒤에 또 다른 어려움이 도사리고 있기 때문이다.

현재를 누려야 행복하다. 미래를 기다려봤자 아무 소용없다.

낙관적으로 바라보면
모든 일이 생각보다 쉽다

같은 일이라도 우리가 어떤 면을 보는가에 따라
한없이 심각할 수도 있고 별일 아닐 수도 있다.

어느 유치원 교실에서 아이 두 명이 그림책을 보고 있었다. 두 아이는 한 3분 동안 책장을 뒤적거렸다. 그러더니 책을 한쪽으로 던져 놓고 장난감을 갖고 놀기 시작했다.

그중 한 아이의 엄마가 싱긋 웃으며 말했다.

"어머나, 우리 아이 기특하기도 해라. 나이도 어린데 책 보는 걸 좋아하네. 아이한테 책 좀 더 사 줘야겠다."

다른 엄마는 이맛살을 찌푸렸다. "우리 아이 어쩌면 좋지? 책은 대충 몇 장 넘기더니 장난감 갖고 놀고 있네. 지금 책을 사 봤자 헛돈 쓰는 거겠네. 쟤는 뭐가 문제길래 책 한 권을 끝까지 보지 못할까? 집중도 못하고 진득이 앉아 있지도 않고. 혹시 과잉행동장애 아냐?"

한 번은 내 친구가 걱정스러운 목소리로 나에게 물었다. 초등학생 아들이 성적이 말이 아니라며 인상을 쓰며 말을 꺼냈다. "기말고사에서 수학을 70점밖에 못 받았어."

"70점이 못한 거야?" 내가 어이가 없어서 물었다. "우리 애는 초등학교 때 수학 낙제도 했어."

친구가 내 말을 끊었다. "모르는 소리, 지금은 그때가 아니야. 시대가 다르다니까. 70점이면 꼴찌야. 내 아들 점수가 70점이라는 생각만 하면 끔찍하다. 아, 일찌감치 학원에 보낼 걸 그랬어."

말을 마친 친구 얼굴은 하늘이 무너져 내린 것 같았다. 사정을 모르는 사람이 봤다면 친구가 생사의 갈림길에 있는 줄 알았을 것이다. 나는 친구를 타일렀다.

"아들 수학 점수는 그만 잊어버려. 아들이 시험 한 번 못 봤다고 그렇게 상심할 것까지는 없잖아."

초등학교 성적이 좋은 아이가 어른이 되어서도 걸출하다는 보장은 없다. 마찬가지로 사회에서 인정받는 사람이 어릴 때 다 공부를 잘한 것도 아니다.

하물며 친구가 70점을 계속 마음에 담고 있으면 불안한 마음이 드러날 수밖에 없고 그러면 매일 아들과 부딪칠 텐데 서로 감정이 좋을 리가 없다. 수학 점수 70점이 집안 분위기를 망치고 부모자식관계를 긴장시킬 만큼 심각한 일일까?

사실 좌절을 포함해서 이 세상 어떤 것이든 위에서 말한 수학 70점과 다르지 않다. 문제가 크다고 보면 크다고 할 수 있고 작다고 하면 작다고 할 수 있다. 관건은 우리가 어떤 각도에서 보느냐이다.

낙관적으로 바라보라. 그러면 모든 일이 생각보다 쉽다는 것을 알게 될 것이다.

한 가지 일을 백 사람이 보면 백 가지 의견이 나온다.
인생의 시련도 그렇다. 같은 시련도 어떤 사람은
별일 아니라고 헤쳐 나가지만 어떤 사람은
하늘을 원망하고 이제는 못 일어난다고 낙심해 버린다.
비관은 당신 마음을 더 움츠리게 만들 뿐
문제 해결에 아무 도움이 안 된다.
시련을 만나면 적극적으로 정면에서 바라보라.
우리가 살다가 극복해야 할 문제들이
실은 그리 어렵지 않음을 알게 될 것이다.

분담을 모르는 사람은
협동도 못 한다

서로 도울 때 화합도 된다.

생물 시간에 개미에 대한 토론이 벌어졌다. "개미는 몸집은 작지만 만 마리도 넘는 개체가 군집생활을 하며 땅 밑 몇 킬로미터에 걸쳐 왕국을 만듭니다." 교사의 설명을 듣고 학생들은 쉽사리 믿을 수가 없었다.

교사가 물었다. "개미가 살아남을 수 있었던 가장 큰 요인이 무엇인지 말해 보세요."

말이 떨어지기 무섭게 학생 한 명이 손을 들었다.

"그야 개미가 워낙 많으니 숫자로 밀어붙였겠죠."

"아닙니다. 개미 개체 수가 많긴 하지만 생존의 제일 요소는 아닙니다."

다른 학생이 말했다. "개미가 지능이 높기 때문 아닐까요?"

"개미의 뇌는 다른 곤충과 별 차이가 없어요."

교사가 내놓은 답은 '개미는 상대방을 잘 모르더라도 서로 돕는다'였다.

이야기에 나오는 개미에 대한 설명은 최근 과학 연구로 밝혀진 사실이다. 집단생활을 하는 동물은 매우 많지만 구성원들이 서로 안다는 전제 조건이 있어야 한다. 침팬지, 코끼리, 사자가 그 예다. 이런 제한이 있어야 무리의 개체 수를 통제할 수 있다. 이들 동물의 무리는 개체 수가 많아야 이십 여 마리로 그 이상 늘어나지 않는다.

그런데 개미의 경우 한 무리에 서로 아는 개미와 모르는 개미의 숫자가 무제한이다. 그래서 개미 무리의 개체 수는 놀랄 만큼 많아진다. 동물 중 개미와 비슷한 특성을 지닌 동물이 하나 더 있다. 바로 인간이다.

자세히 살펴보면 인간 사회도 마찬가지다. 우리가 모르는 사람이 우리를 위해 농사를 짓고 집을 짓고 길을 깐다. 마찬가지로 우리가 일을 해서 얻은 성과도 우리가 모르는 사람들과 나누곤 한다. 인류의 성공은 바로 협동하고 나누는 데 있다.

하버드 키즈 린슈하오(미국 이름: 제레미 린. 대만계 미국인으로 NBA LA 레이커스 소속 농구 선수 – 역주)는 신기록 제조기로 유명하다. 린슈하오는 자기 혼자 스타 선수가 되거나 원맨쇼를 하지 않고 팀플레이에 뛰어나다는 점에서 찬사를 받는다. 린슈하오를 다룬 뉴스에서 기자가 매우 흥미로운 질문을 던졌다. "농구는 원래 단체 경기이니 선수들 간의 협동이 중요한 건 불변의 진리 아니겠습니까? 그런데 린슈하오의 팀플레이가 더 빛나는 이유가 뭘까요?"

지금까지 NBA 스타 선수들은 모두 팀플레이보다는 개인 플레이에 치중해서 자기 혼자 돋보이고 싶어 했다.

재밌는 점은 운동이나 업무에서 협동의 중요성은 다들 잘 알고 있는 데 반해, 가정에서 서로 돕는 것은 대단치 않게 여기는 경향이 있다.

남편은 직장에 다니고 아내는 가정주부인 부부가 있었다. 두 사람 간의 감정은 식을 대로 식은 상태였다. 남편은 아내가 만날 집에 있으면서 인생의 목표가 없다고 불평했다. 아내는 남편이 직장 일만 하고 가정을 소홀히 하며 집안일을 돕지 않는다고 나무랐다. 두 사람은 각자 자기 말이 맞다고 우기면서 크고 작은 싸움이 끊이지 않았다.

두 사람의 불화는 가사 분담에 대해 서로 다르게 생각해서 벌어진 일이기 때문에 누구의 잘잘못을 가리는 것 자체가 불가능하다. 둘 다 '내가 상대방보다 더 고생하고, 상대는 나보다 더 한가하다'고 생각하는데 둘 다 가정을 위해 얼마나 노력했는지 한 번 생각해 보아야 한다.

자기 생각을 좀 덜 하고 남 생각을 조금 더 해 보자. 여기서 남이란 내 가족, 동료, 친구에서부터 잘 모르는 사람도 모두 포함된다. 이렇게 하는 사람이 많아지면 오래 전에 사라져 버린 조화로움이 다시 돌아올 것이다.

분담할 줄 모르는 사람은 협동도 할 줄 모른다.
개인주의만 지나치게 강조하면 불쾌한 일이 생기기도 한다.
자기는 일을 많이 하는데 남들은 적게 한다고 생각해서
사소한 것 하나도 따지고 계산한다.
협동을 배우면 자기의 가치를 발휘하고
쌍방 모두 승리할 수 있다.

산이 오지 않으면
내가 간다

산은 돌아가지 못하지만 길은 돌아갈 수 있다.
눈앞에 있는 큰 산이 움직이지 않으면 돌아가면 된다.

어느 사찰의 대사에게 산을 옮기는 능력이 있다는 말이 퍼졌다. 마을 사람들은 그 소문을 도무지 믿을 수 없었다. 그래서 여러 사람이 대사를 찾아가 대사의 신비한 능력을 시험해 보기로 했다.

마을 사람들이 물었다. "스님에게는 산을 옮기는 비법이 있다는 말을 들었습니다. 사실입니까?"

"그렇고말고." 대사가 웃으며 고개를 끄덕였다.

사람들은 그 말을 듣고 눈을 반짝이며 말했다.

"그럼 저희 앞에서 한 번 보여 주시겠습니까? 궁금해서 죽을 지경입니다."

"그러지." 대사가 말을 마치고 일어나더니 가까운 산기슭을 향해 갔다가 숨을 헐떡이며 뛰어왔다. 그러더니 "다들 봤지?"라고 했다.

사람들은 어안이 벙벙해서 선사가 장난을 친다고 생각했다. 선사가 사람들의 표정을 보더니 웃음을 터뜨렸다.

"산을 옮기는 비법이란 게 별것 아니야. 산이 오지 않으면 내가 가면 되는 게야."

세상에는 우리 힘으로는 도저히 옮길 수도 없고 바꾸기 힘든 일이 수없이 많다. 그런 상황이 되면 우리는 발만 동동 구르곤 한다. 그런데 우리가 할 수 있는 일이 하나 있다. 바로 자기를 바꾸면 된다.

결혼 생활이 순탄하지 않아 괴로워하는 친구가 있었다. 외도하는 남편도 문제였지만 덮어 놓고 남편을 두둔하는 시어머니가 더 미웠다. "사내는 다 그래. 네가 좀 참아라. 지나가는 바람 아니겠니? 저러다 지치면 어련히 집에 돌아오려고."

친구가 분에 못 이겨 남편과 크게 싸웠다. 그러자 시부모와 시누이가 달려와 친구를 나무랐다. "집안을 이 꼴로 만들어야 겠니? 내가 못살겠다, 정말. 너 도대체 언제까지 소란을 피울 작정이냐?"

친구는 억울했다. 자기가 뭘 잘못했다고 다들 자기 탓을 하는 건지 알 수 없었다. 결혼생활에 충실해야 하는 건 만고의 진리 아닌가? 시댁 식구들은 어째서 나만 비난하는 걸까?

친구는 이 응어리를 가슴에 담고 살다 결국 우울증에 걸렸고 감정을 이기지 못해 수면제 열 알을 한꺼번에 삼켜 버렸다.

다행히 응급처치를 받고 병원에서 의식을 회복했다. 그는 깨어나자마자 시댁 식구들이 몹쓸 사람들이라는 생각이 들었다. 그러면서 별안간 깨달았다. '그래, 이 사람들은 죄다 제정신이 아니야. 내가 무슨 짓을 하건, 무슨 말을 하건 저들의 비상식적인 태도를 바꿀 수는 없어. 티격태격해 봤자 무슨 소용이 있겠어? 저런 사람들 때문에 목숨까지 버리려 했다니.'

저승 문턱까지 갔다가 돌아온 후 친구는 완전히 다른 사람이 되었다. 남편과 갈라섰고 위자료도 받지 않겠다고 했다. 그 집 식구들과 깨끗이 끝내는 게 급선무였다. 친구는 지금 매우 즐겁고 자유롭게 산다. 결혼을 통해 그는 인생을 바꿀 가르침을 얻었다. 바로 현실을 받아들이라는 것이다. 내 힘으로 결코 바꿀 수 없는 일은 부지기수다. 다른 사람을 통제하는 것도 불가능하다. 그러나 '나'는 통제할 수 있다.

당신이 살면서 맞닥뜨린 '큰산'은 무엇인가? 내가 원하는 것을 불렀는데 오지 않으면 당신이 가면 된다. 당신의 길을 막는 게 있으면 다른 길로 돌아서 가면 된다. 산은 방향을 바꾸지

못하지만 길은 돌아서 갈 수 있다. 하늘이 무너져도 솟아날 구
멍이 있다는 것을 확실히 알게 될 것이다.

바꿀 수 없는 일은 없다.
나를 바꾸면 상황도 바뀌는 법이다.
물론 자기를 바꾸는 일은 쉽지 않다.
긴 병보다 짧은 통증이 낫다는 말처럼
변화의 진통기가 지나면
마음이 한결 넓어지고 자유로워짐을 느낄 것이다.
그리고 우리 앞에는 무한한 가능성이
펼쳐져 있음을 알게 된다.

문턱 넘어 가기

초판 1쇄 발행 | 2015년 3월 18일

지은이 | 황 통
옮긴이 | 김재원
책임편집 | 이선아

펴낸곳 | 바다출판사
발행인 | 김인호
주소 | 서울시 마포구 어울마당로5길 17(서교동, 5층)
전화 | 322-3885(편집), 322-3575(마케팅)
팩스 | 322-3858
E-mail | badabooks@hanmail.net
홈페이지 | www.badabooks.co.kr
출판등록일 | 1996년 5월 8일
등록번호 | 제10-1288호

ISBN | 978-89-5561-754-2 (03800)